Saith Cam Iolo

ALED EVANS

Argraffiad cyntaf: 2016

Cynllun y clawr: Sion Ilar
Llun y clawr: Thinkstock

Rhif Llyfr Rhyngwladol: 978 1 78461 257 3

Dymuna'r cyhoeddwyr gydnabod cymorth ariannol
Cyngor Llyfrau Cymru

Cyhoeddwyd ac argraffwyd yng Nghymru
ar bapur o goedwigoedd cynaladwy gan
Y Lolfa Cyf., Talybont, Ceredigion SY24 5HE
e-bost ylolfa@ylolfa.com
gwefan www.ylolfa.com
ffôn 01970 832 304
ffacs 01970 832 782

Rhagair

> What people believe to be true is as significant for history as what actually was true. Myth itself can become an operative historical reality.
>
> Gwyn Alf Williams

Yn Ebrill 1806 drafftiodd Iolo Morganwg ei lythyr olaf at Owain Myfyr (Owen Jones). Ni chafodd ei anfon. Roedd e'n ymateb i lythyr a anfonwyd gan Myfyr rai wythnosau ynghynt yn ei gyhuddo o ffugio cerddi Dafydd ap Gwilym.

Hyd y gwyddom, hwn oedd y cysylltiad olaf rhwng y ddau. Wedi pymtheng mlynedd o gyfeillgarwch a chydweithio i ddiogelu a dyrchafu llenyddiaeth Gymraeg, daeth y berthynas hynod gynhyrchiol hon i ben. Yn ystod y cyfnod hwn, buddsoddodd Owain Myfyr tua miliwn o bunnoedd, yn ôl ein cyfrif ni, mewn gweithgareddau a arweiniodd at gyhoeddi nifer o lyfrau a chylchgronau Cymraeg, a'r rheini'n cynnwys gweithiau a ffugiwyd gan Iolo Morganwg.

Mewn llythyr at Iolo ar 28 Gorffennaf 1806, cynigiodd Gwallter Mechain gymodi rhwng y ddau:

> Our life is but short at best, then why should it be poisoned with our mutual accusations of each other? Permit me then to assume the office of Reconciler between you; at least permit me to attempt it.

Ofer fu'r ymgais hon. O gofio bod Iolo'n 'ddialydd gwaed', efallai na ddylai hynny ein synnu.

Eto, nid yw'n ein rhwystro rhag meddylu am yr hyn a allai fod wedi digwydd i gymodi rhwng dau Gymro a fu mor bwysig yn ein hanes.

Petai llwybrau hanes a llwybrau dychymyg yn croesi, yna mae'n bosib y byddent yn ein harwain ar y siwrne ryfeddol hon: siwrne o ddyfalbarhad, gobaith, siom, caredigrwydd a chariad. Ond siwrne sy'n ddim mwy na stori.

Aled Evans
Ebrill 2016

Dydd Sul, 1 Hydref 1808

Daw i fore'i edifeirwch

Clywodd sŵn traed yn tip-tapian yn ddiamynedd, eu gwadnau lledr yn ddawns. Sŵn clocsio. Sŵn traed ar hast a'u bryd ar fynd sha thre; sŵn traed yn cael eu galw ar siwrne. Pitran patran. Trodd a gweld brân yn pigo'n ddyfal ar chwarel y ffenest. Cododd a chroesi ati gan ddisgwyl ei gweld yn diengyd. Ond safodd hi yno, gan ddal ei phen yn gam i edrych arno. Crawciodd. Edrychodd y ddau ar ei gilydd am rai eiliadau, efallai mwy, eu llygaid wedi'u cydio fel petaent mewn drych, eu hystumiau'n un, tan i'r deryn droi a chodi oddi yno ar ei adain. Gwyliodd Ned y frân yn esgyn nes ei bod yn ddim ond awgrym yng ngoleuni gwan y bore bach, goleuni lleuad fedi.

Dychwelodd at ei ddesg. Estynnodd am ddarn glân o bapur. Hon oedd pumed ymgais Ned. Roedd ei ymgeisiadau eraill yn fap o edifeirwch ar y papurau o'i flaen, yn eiriau ar ben geiriau, yn frawddegau a ddiwygiwyd nes bod eu cynnwys wedi'i yrru'n gleisiau dwfn i'r papur a'u llythrennau'n greithiau ar ei hyd.

Dechreuodd o'r dechrau unwaith eto.

Annwyl Myfyr,

Gyda chalon drom yr ysgrifennaf hyn o lythyr. Bûm yn pendroni llawer ynglŷn â sut mae geirio fy ~~esboniad ymddiheuriad~~ esboniad i chi. Rwyf yn cydnabod fy mod yn ~~gwbl~~ ddyledus i chi am eich cefnogaeth ~~ysbrydol ac~~ ariannol dros gyfnod hir o amser. Mae hyn wedi fy ngalluogi i gasglu nifer fawr o lawysgrifau gwerthfawr a fyddai fel arall mewn perygl dybryd o fynd i ddifancoll. Credaf ein bod wedi gwneud cyfraniad amhrisiadwy i lenyddiaeth Gymraeg o dan eich nawdd hael.

Oedodd a darllenodd yr hyn roedd e wedi'i ysgrifennu. Dododd groes drwy'r gair 'ysbrydol'. Newidiodd 'esboniad' yn 'ymddiheuriad' ac yna'n ôl i 'esboniad'. Dileodd y gair 'gwbl'.

Mae'r casgliad o waith Dafydd ap Gwilym a'r cyfrolau o'r Myvyrian Archaiology yn hawlio'u lle ymhlith rhai o gyhoeddiadau pwysicaf ein cenedl. Mae hi wedi bod yn fraint cael bod yn ~~rhan o'u~~ ganolog i'w llunio. Rwy'n ffyddiog y bydd cenedlaethau i ddod yn trysori'r cyhoeddiadau hyn yn fawr – ganmil gwaith yn fwy na'r croeso y maent wedi'i dderbyn gan ein cyd-Gymry cibddall a diddiwylliant sy'n dal i afael yn swcïaidd yng nghyfraniadau celwyddog a di-ddysg Lewis Morris.

Newidiodd 'rhan' i fod yn 'ganolog'. Cymerodd anadl ddofn ac yna'i gollwng yn gwthwm cyn bwrw'n ôl ati'n unionsyth. Braidd roedd blaen ei gwilsyn yn cyffwrdd â'r papur, a'i eiriau'n llifo'n ysgafn ohono. Sgipiai'r brawddegau ar hyd ei wyneb, y cyffyrddiadau cyson yn creu ocheneidiau bychain fel plentyn yn darfod storm o grio, eu sŵn yn pwytho'r tawelwch.

Serch hynny, mae'n rhaid i mi gwympo ar fy mai ynglŷn ag ambell beth na thâl i mi ei gelu rhagor. Credaf fod yna rai o'm hymgeision i ar gerddi wedi canfod eu ffordd i gasgliad o waith Dafydd ap Gwilym. Efelychiadau oeddynt a ysgrifennais er mwyn deall crefft y bardd mawr yn well. Credaf hefyd fod ambell chwedl a luniais yn seiliedig ar hen gof trigolion Morganwg wedi'u cynnwys yn y MA. Ni fu'n fwriad i mi eu cynnwys a llithrasant i'r cyfrolau megis cysgod tan ddrws.

Ni chredaf fod cynnwys y gweithiau hyn yn tynnu dim oddi ar werth ein cyhoeddiadau. I'r gwrthwyneb, credaf eu bod wedi cyfrannu at ein corff ysblennydd o weithiau llenyddol a dyrchafu ein llenyddiaeth yn llygaid y byd. Oni ddwedsoch eich hun fod awen ffrochwyllt a gwibiog yn aml yn ehedeg uwchben rheolau?

Rwy'n siomedig bod ambell gydnabod wedi bod yn rhannu ensyniadau sbeitlyd am fy nghyfraniadau. Gallaf eich sicrhau nad oes sail i'w sïon a bod fy amcanion yn rhai anrhydeddus. Rhwydd hynt iddynt a'u celwyddau. Byrhoedlog megis cawod haf ydynt; gwn eich bod yn deall mai'r gwirionedd yn unig a saif.

Mae ein gwaith mawr yn haeddu mwy o gefnogaeth a chydnabyddiaeth na hyn.

Gobeithiaf y medrwn barhau'r bartneriaeth ffrwythlon hon. Yn wylaidd, cynigiaf fy hun yn was diwyd a theyrngar, fel o'r blaen, unwaith yn rhagor.

Eich cyfaill ffyddlonaf,
Iolo Morganwg

Tynnodd linell gam o dan ei enw. Gosododd y cwilsyn ar y ford ger y swp o bapur. Er bod y plu gwyn wedi'u staenio'n ddu mewn mannau, ystyriai ei hun yn grefftwr geiriau glân a chysáct. Ond roedd oes o lawysgrifen wedi mennu ar ei law dde a theimlai hi'n gwynio a'r bysedd yn cyffio fel colfach rhwdlyd. Agorodd a chaeodd hi'n araf gan geisio ystwytho'i fysedd – roedd rheini'n rhai meinion a'u cymalau'n bochio. Derbyniai Ned mai afiechyd dyn geiriau oedd ei boen, anhwylder roedd yn rhaid iddo'i oddef er mwyn cyflawni'i weledigaeth. Ac er y byddai'n rhoi ei ddwylo'n aml mewn basned o ddŵr hallt wedi'i dwymo er mwyn eu diogelu, ni theimlai y gwnâi hynny fawr o les. Roedd ei eiriau'n ei fwyta'n fyw oddi mewn ac yn ei ddolurio'n greulon o'r tu fas. Ei chwedl yn ei chwerwi a'i droi yn yr unfan yn chwyrn. Ei weledigaeth yn saethu trwy'i gorff fel gwayw nes ei fod e'n gwingo o'i herwydd, yn ei dynnu at ei bengliniau ac yntau'n dyblu mewn poen. Ei gacoethes scribendi wedi cydio'n barlys diwella amdano.

Llosgai cannwyll wrth ei ymyl a'i fflam wedi caethiwo gwyfyn a ehedai'n fflyrt o'i chylch.

Darllenodd ei lythyr unwaith eto cyn estyn am ei gwilsyn a gosod y pig ym mhotyn bychan yr inc. Roedd Ned wedi hen arfer codi'r hyn a fynnai o inc fel na fyddai'n blotio'r papur â chymylau duon di-lun; ni fynnai wastraffu'i eiriau. Yn y man hwnnw lle cyfeiriodd at ensyniadau sbeitlyd ei gydnabod, ychwanegodd,

Prepgwn anwiredd ydynt.

Ystyriodd ysgrifennu rhywbeth am annog Myfyr i ddychwelyd i'w famwlad, lle câi ei gydnabod am ei gyfraniad aruthrol. Oedodd. Penderfynodd adael hynny nes iddyn nhw gwrdd wyneb yn wyneb. Dychwelodd y cwilsyn i'w botyn a theimlai'n fodlon â'i frawddegau. Ni fyddai'n ddim bodlonach pe bai wedi'u hysgrifennu yn ei waed ei hun.

Arhosodd tan i'r inc du sychu'n un â'r papur ac yna plygodd e'n bedwar ar ei hyd. Seliodd y llythyr â chwyr coch a'i roi ym mhoced cesail ei got.

Wrth ei benelin roedd darn arall o bapur gwyn, glân. Gosododd hwnnw o'i flaen ac ysgrifennodd arno.

Unwaith bu'r lloer yn gannwyll

Chwythodd ar ei eiriau llaith a gwelodd hwy'n codi'n adar o'r papur, eu hadenydd gosgeiddig yn eu rhyddhau. Â'r un gwynt, diffoddodd fflam y gannwyll a diflannodd y gwyfyn trwy'r hollt o fwg a agorai'n fain o'r pabwyryn.

Roedd hi'n gynnar y bore a Ned wedi codi o'i gadair ers rhai oriau. Cysgai ei wraig a'r plant yn yr unig ystafell wely oedd i'r bwthyn. Nid oedd wedi gallu cysgu'n gwmni iddynt ar ei orwedd ers blynyddoedd ac ni fyddai'n cadw at unrhyw batrwm cwsg ac effro sefydlog. Roedd ei gartref yn brawf o'r un anghydffurfiaeth. Tyfai pentyrrau simsan o bapurau fel stalagmeitiau o'r llawr pridd oedd i'r ystafell fechan lle gwnâi ei waith. Câi ei goleuo gan lamp olew a chymerai rai munudau i'r llygaid gyfarwyddo â'i gwyll. Yr unig gynhesrwydd oedd yr egni a ddeuai o'r casgliadau o bapur a chreiriau ar hyd y lle – yn gerrig, yn blu, yn bren, yn haearn, yn esgyrn ac yn gregyn o bob math. Llanwent bob gofod o'i fywyd. Hwy oedd ei fywyd.

Roedd ôl 'ar ei hanner' ar bopeth. Ôl dyn â diddordeb ysol yn y byd o'i gwmpas. Un yn wilia bodolaeth. Dyn â'i fys mewn pob math o frywesau oedd Ned, a châi'r cyfan ei ddal at ei gilydd gan linynnau llychlyd gwe corryn.

Cododd o'i ddesg a dechrau twtio pentwr o bapurau, rhai degau ohonynt, a'r rheini'n rhydd ar sil yr unig ffenest oedd i'r ystafell. Ychwanegodd y darn papur hwnnw oedd yn cynnwys yr un frawddeg lom am gannwyll a lloer atynt. Clymodd hwy â llinyn, lapio darn o frethyn llwyd amdanynt a'u gosod yn barsel. Casglodd lond dwrn o gwils ysgrifennu, pob un wedi'i dorri i'r un maint, a'u rhoi mewn casyn lledr. Cydiodd yn y botel inc a rhoi corcyn yn dynn yn ei gwddf. Dododd offer ei grefft yn gwmni i'r llawysgrifau. Oedodd a chrafodd y llain o groen oedd rhwng ei glust a'i war. Crafodd fel petai'n ceisio tyrchu at ei gnawd. Roedd potel arall o wydr glas ar y bwrdd a'r hylif o'i mewn yn dywyll, yn writgoch. Arni roedd llun penglog ar y label a'r geiriau

LAUDANUM
GWENWYN

wedi'u hargraffu'n rhybudd mewn prif lythrennau coch. Agorodd Ned y botel ac anadlu arogl priddllyd, cyfoglyd ei chynnwys. Yfodd ddropyn ohoni ac yna'i gosod ym mhoced ei got.

'Mestynnodd am ei 'sgidiau. Edrychodd ar eu gwadnau treuliedig. Ddoe ddiwethaf bu wrthi'n eu trin ar y last gyda'r hyn o ledr oedd wrth law. Ceisiodd eu gwneud yn ddigon diddos ar gyfer un siwrne arall. Tarodd hwy am ei draed. Caeodd eu byclau. Roedd eu hesmwythyd yn brawf eu bod yn gyfarwydd â'r lôn. Gwyddai Ned fod un tro arall yn eu disgwyl. Un daith eto. Agorodd y drws i groesawu'r bore i'w fwthyn bychan. Daeth awel hydref i'w fwytho ac i'w alw i fynd ar y lôn, ei bysedd yn cau botwm uchaf ei got ac yn codi'i goler.

Gafaelodd yn ei ffon gerdded, croesodd drothwy'r bwthyn ac anelodd ei gamau am Lundain.

Dydd Mercher, 4 Hydref 1808

Cei gamau dau ar dy daith

Ar ôl tridiau o gerdded, chwe phryd, dau gweryl, dwy noson dan helm sgubor a chwrs gan bâr o ddannedd anghroesawgar, cyrhaeddodd Ned cyn belled â thref Wantage.

Tref fechan, deyrngar i'r goron oedd hi, yng nghanol môr o dir amaethyddol gwastad ac unffurf. Roedd cyfoeth iddi nad oedd Ned wedi arfer ag e. Roedd ei thai'n fawr ac wedi'u cadw'n lân; ei phobl yn drwsiadus a'u 'sgidiau'n sgleinio; eu sgyrsiau'n gwrtais a'u hidiomau'n fonheddig.

Crwydrodd Ned y strydoedd o gartrefi unffurf ar gyrion y dref, oedd wedi'u codi mewn bricsen goch, tan iddo ddod at sŵn a symud pobl. Gwelodd ei bod hi'n ddiwrnod marced a'r sgwâr helaeth yn llawn stondinau llwythog ac arnynt gynnyrch o bob math. Denai'r Cymro sylw amryw un ac achosai i'r plant gilio o'i lwybr. Nid oedd ei wadnau brau na'i gamau herciog yn gydnaws â'r awyrgylch breintiedig a anwesai'r brodorion. Gwyddai Ned ei fod yn wahanol o ran ei bryd a'i olwg i'r lleill a droediai'n sidêt o stondin i stondin a'u hetiau wedi'u gosod yn syth. Roedd ei wallt yn hirach nag eiddo dynion o'i oedran ef ac ymddangosai fel petai llygod bach wedi bod yn bwyta'r cudynnau. Gwisgai facyn am ei wddf ac er bod brethyn ei got o ansawdd da roedd ei fynd a dod cyson wedi gadael rhwyg ddofn o dan ei frest chwith gan amlygu leinin y defnydd. Roedd brethyn ei drowsus pen-glin yn denau ac yn dyllog. Crymai o dan bwysau'r parsel ar ei gefn. Ond yr hyn a'i gwnâi'n wirioneddol wahanol i bawb arall oedd chwimder ei lygaid gleision. Saethent o un tu i'r llall gan rewi'n stond unrhyw un a feiddiai edrych yn ôl arno. Troi'u trwynau wnâi'r rhan fwyaf o drigolion y dref, gan adael iddo'u pasio cyn cymryd cip manylach ar y crwydryn hynod hwn gyda'r parsel wedi'i glymu'n grwban am ei gefn. Er gwaethaf ei olwg ryfedd roedd Ned yn cael ei gyfri'n ddyn golygus a rhyw dynerwch wedi'i bwytho i rychau'i groen, gan beri i ambell wraig syllu arno'n hirach nag oedd yn weddus.

Prynodd dorth a chaws a chael afal yn winc o anrheg gan stondinwraig a fynnai ei sylw.

Gofynnodd i honno am of a chafodd ei gyfeirio at ben draw'r dref ar y ffordd i Rydychen.

Wedi iddo fwyta anelodd am yr efail gan ddilyn cyfarwyddiadau'r wraig. Roedd y gof wrth ei waith a chlywai Ned ei forthwylio ganllath neu fwy cyn ei gyrraedd.

Roedd drws dau hanner i'r efail a thân mawr yn ei goleuo o'r canol i'w waliau allanol. Ciciodd Ned ran isaf y drws yn galed gyda thu mewn ei droed. Dal i forthwylio wnâi'r gof. Tarodd y Cymro ei ben trwy ran uchaf y drws a'i wylio'n gweithio darn o haearn gwynias nes ei fod yn plygu'n gylch ar yr einion, cyn gyrru tyllau i'r naill ben a'r llall. Gafaelodd ynddo â'i efel a'i roi mewn cafn o ddŵr. Cododd ei wres yn gwmwl o lafur. Wrth iddo groesi i mofyn brws haearn, bachodd Ned ar ei gyfle.

'Gyfaill, ga i ofyn ffafr gen ti?'

Ni ddangosodd y gof unrhyw ymateb i gwestiwn y Cymro. 'Mestynnodd am y brws a dychwelyd yr efel i'w lle. Croesodd yn ôl at y cafn dŵr. Cododd y darn haearn ohono a'i ddal o flaen ei lygaid. Astudiodd ei grynder yn ofalus. Roedd y crymiad yn ei blesio.

'Pa ffafr fasai honno?' holodd heb droi ei wyneb oddi ar ei waith.

'Mae yna hoelen yn fy mhoeni trwy wadn fy esgid. Petawn yn cael defnyddio dy efel fe fedrwn ei thynnu oddi yno er mwyn i mi barhau ar fy nhaith.'

'Pedoli traed fydda i'n ei wneud yma fwya, gyrru hoelion iddynt nid eu tynnu.'

Dechreuodd y gof frwsio'r haearn a fu yn y dŵr gan godi sglein arno. Briwsionodd darnau'n gawod ohono. Rhedodd ei law ar hyd perffeithrwydd y cylch a greodd. Gosododd yr haearn i'r naill ochr ac aeth i nôl darn petryal arall. Gwthiodd hwn i ganol gwres y tân gan ddisgwyl iddo wyniasu.

'A chyda beth fynni di fy nhalu am hwyluso dy daith?'

Meddyliodd Ned rhyw ychydig cyn ateb.

'Fe gei di gadw'r hoelen a'i defnyddio eto.'

Tarodd y gof olwg dros ei ysgwydd at flwch pren yn llawn hoelion. Yna, aeth 'nôl at y darn haearn a gâi ei danio yn y gwres. Gwyliodd hwnnw'n poethi nes bod ynysoedd o borffor arno. Ymhen ychydig, atebodd yn smala,

'Peth prin ar y naw yw hoelen mewn mannau eraill o'r wlad, dybiwn i, ond nid felly yn Wantage.'

Gyda'i faneg ledr am ei law, gafaelodd mewn gefel gwddf hir a chydio yn y darn haearn o ganol y tân. Roedd hwnnw'n goch o'i ganol i'r ymylon. Gosododd ef ar yr einion a dechrau'i ddyrnu'n gylch. Tasgai gwreichion ohono fel sêr gwib. Roedd pob trawiad wedi'i anelu'n gywir nes bod y darn yn cyrlio'n gylch yn union fel y darn arall a fu o dan ei forthwyl. Gyrrodd dyllau ynddo. Crynodd esgyrn Ned ym mhwniad y morthwylio byddarol.

'Oes golwg dyn sydd angen hoelen ail-law arna i?' gofynnodd ar ôl i'w ffustiad olaf dawelu.

'Nid oes gennyf fwy y medraf ei gynnig i ti a, beth bynnag, credaf fod hoelen yn dâl teilwng am yr hyn a erfyniaf.'

Gwyliodd Ned y gof yn mofyn cadwyn troedfedd o hyd o gefn ei weithdy. Tynnodd honno'n dynn rhwng ei ddwy law.

'Beth yw'r pwn hwnna sydd 'da ti'n pwyso ar dy sgwyddau?' holodd gan amneidio at y parsel ar gefn y teithiwr.

'Storïau.'

Meginodd y gof ei dân er mwyn cynyddu'r gwres. Teimlodd Ned don danbaid yn golchi drosto. Gwyliodd y cols yn newid eu lliw o goch i oren llachar wrth i'r fflam gydio ynddynt. Gyda'r gwres wedi cyrraedd ei boethder uchaf, sodrodd y gof y gadwyn haearn at y ddwy fodrwy fawr roedd wedi'u llunio'n gynharach, cyn rhoi'r cyfan yn llipa yn y dŵr i oeri. Tasgodd cwmwl o ager o'r cafn fel neidr yn poeri'i chynddaredd wrth i hyblygrwydd yr haearn gyffio.

'Storïau, ife? Ma'r rheini'n bethe digon prin yn y lle hwn. Fe drwca i 'ngefel am stori. Dere i eistedd.'

Gwthiodd Ned ran isaf y drws ar agor ac aeth i eistedd ar y stôl bren deircoes y cyfeiriodd y gof ef ati.

Tynnodd ei barsel oddi ar ei ysgwyddau a'i osod wrth ei draed. Estynnodd y gof lasied o seidr yr un iddynt. Drachtiodd Ned yn awchus er mwyn gwlychu'i big ac yna dechreuodd ddweud ei stori.

'Unwaith…

Unwaith bu'r lloer yn gannwyll

Unwaith bu'r lloer yn gannwyll a Gwri Goleuwallt oedd arglwydd ar diroedd Morganwg o Graig y Nos hyd at Dwmbarlwm, uwchben Coed y Darren. Mab ydoedd i'r Hu Gadarn a arweiniodd y Cymry yma i Ynys Prydain. Hwn oedd ein brenin cyntaf, ef a'n dysgodd ni sut i aredig a ffrwythloni'n tir. Plannodd gân a gwyliodd hi'n egino yn ein daear. Gofalodd amdani a mynnodd fod pawb yn ei chanu a'i chofio. Gwyliodd ei gân yn deilio'r coed ac yn lliwio'r gwrychoedd. Dyfriodd ein tir â dŵr glân, gloyw ein hafonydd. A phan fyddai creadur yn rhwystro'r afon rhag dod â'i dŵr, torrai foncyff coeden a chreu iau ohono a'i defnyddio i gribino'r glannau nes llusgo'r afanc o'r afon a hollti'i argae gan adael i'r llif fyrlymu unwaith yn rhagor. Dyn da ydoedd. Pan fu farw, trosglwyddwyd ei dywysogaeth i Gwri.

Llanc ydoedd Gwri â natur y gwanwyn yn ei enynnau. Medrai redeg o fryncyn i fryncyn heb golli'i ana'l a thaflu gwaywffon yn syth trwy olwynion cert. Ond ni fynnai ddwyn niwed i neb. Llanc addfwyn ydoedd a doethineb ei dad yn nyfnder ei lygaid gleision. Llanc â'i fryd ar fwrw'i swildod â'r byd mawr o'i gwmpas.

Dysgodd Hu Gadarn ei fab sut i ganu'r delyn a rhoddodd iddo delyn aur â'i thannau'n dynn. O hon daeth alaw sionc a sŵn dawns yn ei nodau. Siriolodd y llys a deuai dinasyddion o bellter i glywed cân Gwri. Adwaenai yntau bob nodyn a neidiai o'r offeryn. Medrai eu trin fel y mae dewin yn trin ei swynion.

Un diwrnod ar drothwy'r haf canai Gwri alaw ysgafn a'i

nodau'n sionc fel ieir bach yr haf. Crwydrodd ei fysedd ar hyd y tannau nes iddo dynnu un nodyn nas clywsai o'r blaen. Torrodd y tant a gwyliodd Gwri'r nodyn ysgafnaf un yn esgyn o alaw'r delyn. Daliodd e fel dal dryw bach a'i roi i eistedd ar gledr ei law. Teimlodd e'n crynu'n dyner yno. Caeodd ei ddwy law amdano a bwriodd am borth y palas.

Wrth iddo frasgamu am gyntedd y neuadd daeth ei fam i gwrdd ag e.

'Ble ei di ar ruthr gwyllt?'

'I'r maes.'

'Ar ba berwyl yr ei di i fan 'na?'

'Dim un perwyl fel y cyfryw.'

'Ai ti oedd yn canu'r delyn?'

'Ie.'

'A pha gân fu rhwng dy fysedd?'

'Cân a ddaeth i mi ar yr awel.'

'Daeth un o nodau'r alaw i'm moyn i yma.'

'Do?' gofynnodd Gwri yn ddidaro.

'Do. Dy latai ydoedd, ei lais yn felysach na diliau'r mêl. Tybiaf fy mod yn ei glywed eto'n murmur. Gwell i ti fynd i'r maes i'w chwilio,' atebodd ei fam.

Dyma Gwri'n hanner troi oddi wrth ei fam a dechreuodd gamu'n araf tuag at y porth.

'Aros, Gwri.'

Oedodd.

'Beth sydd 'da ti yng nghwpan dy ddwy law?'

Trodd Gwri yn ôl at ei fam. Gwenodd hi arno. Cwpanodd ei dwy law am ei ddwy law yntau. Sylwodd e fod ei dwylo'n llyfnach a glanach nag yr oeddynt wedi ymddangos iddo erioed. Teimlodd y nodyn yn cosi cledrau'i ddwylo.

'Gwri, gwarchod dy gân â'th holl nerth. Fe'i rhoddwyd i dy ofal. Fe'i rhoddwyd i ti ei rhannu yn gyfnewid am stori. Er mwyn i ti wneud hynny, croesa goedwig Gallt y Moch nes dod at lannerch o dir ffasach, bwria am y dderwen fawr a fydd ar dy chwith, dringa ati, dyma Drwyn y Morgrug. Yna cwyd eto nes y dei di at gopa Bryn yr Eryr. Aros tan i'r lleuad ymddangos rhwng Crib yr Eira a Chrib yr Aur. Yno, fe glywi di eos rhwng nos a nant. Dan olau'r lleuad, dilyn ei chân ac fe ddoi di at faen maint gorsedd ac iddo dwll yn ei grombil. Bwria'r nos yno dan ei gysgod. Wrth i'r haul godi, edrych trwy'r twll yng nghrombil y garreg. Fe weli di saith coeden braff. Rhith fydd chwech ohonynt, namyn darlun yn dy feddwl. Cymer fwa a saeth a saetha'n gywrain at foncyff y goeden go iawn nes bod dy saeth yn hollti'r edau aur fydd wedi'i chlymu o gylch ei chanol. Gwylia na chei dy dwyllo gan y dafnau gwlith fydd yn disgleirio ar y gwe corryn fydd wedi'i nyddu ar ganghennau'r goeden. Wedi iti dorri'r edau, dilyn hi yn ôl at ei tharddiad. Yno bydd blwch aur.'

Dadgwpanodd ei dwylo'n araf a thynnu'r gadwyn oedd am ei gwddf gydag allwedd fechan arian yn hongian yn llipa oddi arni. Gosododd y gadwyn am wddf ei mab. Teimlodd yntau'r aur yn gynnes yn erbyn ei groen.

'Fe fydd angen yr allwedd fechan hon arnat. Ni fydd popeth yn ymddangos fel y dylai. Gwylia am y rhai a fyn dy dwyllo. Ond fe ddei di o hyd i'r gwirionedd. Rwy'n ffyddiog o hynny. Y daith sy'n cyfri, nid ei phen draw. Cyn i ti fynd, cymer y fantell hon. Gwisga hi amdanat. Fe fydd hi'n dy warchod rhag niwed.'

Gwisgodd ei fam fantell frethyn amdano a chlymodd ei chlesbyn yn dynn o gylch ei wddf. Dododd sgrepan ledr dros ei ysgwydd.

'Cymer ofal, bydd rhai am ddwgyd dy gân oddi wrthyt a'th adael yn fud. Bydd eraill yn barod i hwyluso dy daith. Cofia taw yn y geiriau y bydd y twyll, yn y wên y bydd eu gwirionedd.

'Bydd hon yn daith o bedwar ugain mlynedd. Ond dychwelyd wnei di. Ni fyddaf yma i'th groesawu. Fe wnei di ddychwelyd. Ac fe ddoi di â'th stori yn ôl yma. Ac yma y bydd dy stori. Dwed hi, Gwri, dwed hi'n dirion fel nad aiff hi fyth yn angof. Dwed hi, fel y bydd eraill yn ei dweud hi ar ôl ein hamser ni.'

Teimlodd Gwri ddefnydd y fantell amdano. Roedd cyn ysgafned â sidanwe ond eto pwysai am ei ysgwyddau fel cot o haearn. Gafaelodd ei fam yn dyner amdano a theimlodd holl funudau ac eiliadau ei bywyd yn treiddio o'r naill gorff i'r llall. Sythodd hi ei breichiau gan ddal i afael amdano wrth ei ysgwyddau. Gollyngodd ei gafael. Roedd llewys ei gwisg yn hongian yn llaes am ei breichiau ac ôl ei brodwaith cain i'w weld ar y defnydd – yn flodau, adar, trychfilod ac ieir bach yr haf. Rhwygodd y gwnïad ar agor, yna, gan ddefnyddio'i dannedd i agor y defnydd, rhwygodd ymyl y llawes gan ryddhau stribyn lled bawd. Clymodd y darn am hanner uchaf braich ei mab. Edrychodd i fyw ei lygaid.

'Dilyn dy lwybr. Llwybr, er mor fyr, fydd faith.'

Cusanodd e.

'Siwrne dda i ti, Gwri.'

Trodd a chroesi'n ôl ar draws y cyntedd a diflannu trwy un o'r drysau oedd yno. Gwyliodd Gwri wrth i drywydd ei chamau bylu'n furmur.

Camodd trwy borth y palas at haul canol bore. Anwesai hwnnw ei gorff. Teimlodd y nodyn yn mynnu'i ryddid o'i ddwylo. Gan gydio amdano'n fregus rhwng bys a bawd, gosododd e mewn cragen malwoden wag. Tarodd hon yn ei sgrepan a rhedeg nerth ei draed ysgafn hyd at ymylon coedwig Gallt y Moch. Oedodd. Estynnodd am y gragen fach a'i rhoi wrth ei glust. Clywodd y sŵn melysaf yn ei feddiannu, cyn dychwelyd y gragen i'w sgrepan. Llyncodd boer a chamu cam yn nes at ganol y goedwig. Fesul cam aeth yn ddyfnach i'r ddrysfa o ddail a changhennau. Fesul cam tywyllodd ei lwybr a dechreuodd y goedwig fodio'i gorff. Yn gyntaf, rhyw gyffyrddiad digon ysgafn ar ei ysgwydd. Yna bawdyn cyhuddgar yng nghanol ei frest. Chwip o ddraenen ar hyd ei foch, cyn i gangen gydio amdano a'i hyrddio'n filain i'r llawr. Trwy hyn oll gofalodd â'i holl enaid am y nodyn rhyfeddol hwnnw oedd yn dal i ganu yng nghragen wag y falwoden.

Cododd ac aeth i eistedd ar foncyff oedd yn gorwedd ar ei hyd yng nghanol y drysni. Clywodd anadliad y goedwig yn codi a distewi o'i gwmpas. Clywodd guriad ei galon yn meddiannu'i ben. Tynnodd am ei ana'l a cheisio tawelu'i gorff. Estynnodd am y gragen unwaith eto a gwrando ar ei chân. Swynwyd ef gan burdeb ei thôn. Glaniodd brân ar un o gangau uchaf ffawydden dal. Gwyliodd hi'n disgyn o gangen i gangen tan iddi ddod o fewn pellter sibrwd iddo. Oedodd yno. Glanhaodd ei phig ar risgl y goeden. Sylwodd Gwri ar sglein ei phlu duon. Crawciodd y frân. Chwarddodd Gwri a chlapio'i ddwylo arni. Neidiodd hi gam neu ddau fel petai gwres dan ei thraed. Crawciodd eto a chodi oddi ar y gangen, gan adael dim ond awel ei hadenydd i olchi dros wyneb Gwri.

Ymhen y funud glaniodd ar gangen arall uwch ei ben a dal mesen fechan yn ei phig. Crawciodd gan adael i'r fesen gwympo ar gorun Gwri.

'Haw! Cer oddi yma'r cnaf. Nid da gennyf feddu ar hyd yn oed ail iaith o'th lais cryglyd di.'

Gafaelodd Gwri yn y fesen a'i thaflu at y frân. Ochrgamodd honno yn ddigon diymdrech a gadael i'r fesen lanio bellter oddi wrthi. Gwenodd Gwri wrtho'i hun.

Safodd a throdd i ailgydio yn ei daith. Roedd haul canol dydd yn ymwthio trwy ddail y coed a'r nenfwd o wyrdd oedd yn cysgodi ac yn tywyllu'i ffordd. O ganlyniad i'r hoe fechan honno a'r miri gyda'r frân roedd wedi cawlio'i gyfeiriad braidd ac nid oedd yn sicr ei fod yn anelu'r ffordd gywir. Ceisiodd ganfod rhyw nod ond roedd popeth mor unffurf. Dilynodd ambell awgrym o lwybr hwnt ac yma, ond ei arwain i nunlle wnâi'r rhain. Roedd y dydd yn cynhesu ac arhosodd i lacio'i fantell frethyn. Sychodd ei dalcen â'i lawes. Wrth iddo wneud, sylwodd fod ei law yn fyw o forgrug. Sgubodd hwy oddi yno a gweld bod cymaint mwy ar ei law arall. Edrychodd o'i gwmpas a gweld bod byddin ohonynt yn ei amgylchynu. Serch hynny, roedd yn amlwg nad ato fe roeddynt yn cyrchu. Gwyliodd Gwri hwy am ychydig; eu coesau bychain wedi'u coreograffu yn un symudiad mewn cytgord nes bod llawr y goedwig yn ddawns. Câi ambell un ei gario gan eraill ac roedd rhai'n dal darnau o ddail uwch eu pennau a'r rheini wedi'u torri'n gelfydd. Roedd rhai'n dwyn darnau o fafon cochion neu fwyar duon. Edrychent fel môr-ladron yn dwyn eu hysbail o fwrdd llong.

Gan ofalu ble dodai ei draed, dilynodd Gwri'r llif prysur hwn. Goleuodd y goedwig wrth iddo gael ei dywys gan y ddawns hudolus hon. Yn sydyn, prinhaodd y trychfilod bychain. Lle bu cannoedd, nid oedd ond dau neu dri adyn coll yn sgyrnygu mynd am eu cyrchfan. Edrychodd Gwri ar ei ddwylo a'u gweld mor ddiforgrugyn â gwaelod môr.

Roedd wedi cyrraedd ymyl pen draw'r goedwig. Oedodd cyn camu allan i'r tir agored. Aeth ar ei gwrcwd a gadael i'w lygaid gynefino â'r tirlun anghyfarwydd. Arhosodd yno am beth amser yn gwylio a sylwi. Roedd y dderwen fawr y soniodd ei fam amdani ar y chwith a bellach roedd yr haul yn machlud rhwng ei changhennau. Petai e'n anelu amdani nawr, siawns y medrai gyrraedd pen Trwyn y Morgrug cyn ei bod hi'n nosi. Yna byddai'n rhaid iddo ddringo eto i gyrchu Bryn yr Eryr. Byddai'n gamp iddo gyrraedd y man hwnnw cyn i'r lleuad hawlio'i lle. Gwell fyddai iddo ganfod lloches am y nos, gan fwrw ati i ddringo y peth cyntaf fore trannoeth. Penderfynodd ddilyn ymyl y goedwig am ychydig a chadw o fewn ei chysgod. Roedd rhyw smwclaw ysgafn wedi dechrau cwympo gan leithio'i wyneb. Symudodd yn dawel fel ewig drwy'r tir ffasach oedd yn cylchynu'r goedwig.

Daeth at dwmpath o dyfiant afrosgo yn amgylchynu carreg go fawr. Gwastataodd y tyfiant a defnyddio'i draed i'w stablan i'r ddaear. Cyrhaeddai'r garreg at ei ganol. Sylwodd fod yna batrymau ac ôl llythrennau fel llwydrew arni. Symudodd ei fysedd yn ysgafn dros ei hwyneb a theimlo iaith ei rhychau bychain. Darllenodd lawysgrifen y garreg:

Ai rhy frau yw'r edau hon
I bwytho ein gobeithion?

Gadawodd i flaenau'i fysedd oedi'n araf yng nghrombil pob un o'r llythrennau. Teimlodd gynffonnau'r 'y' yn cyrlio'n dwt o dan weddill yr ysgrifen. Gadawodd i'w ffurf dreiddio i'w gorffolaeth. Byseddodd y patrymau astrus a symetrig oedd yn addurno ymylon y garreg gan werthfawrogi crefft y saer maen fu'n ei thrin. Dilynodd drywydd yr aing fach fu'n gyrru pob siâp a phob sillaf ar hyd wyneb y graig. Ymgollodd yn ei llwybrau. Clywodd ei llais yn galw o'r garreg. Bron na allai dynnu'i hun oddi wrth sŵn ei siarad hi.

Dydd Mercher, 4 Hydref 1808

Haearn ar haearn yw'n hiaith

Haearn ar haearn oedd iaith Ned, a'r gof wedi'i gaethiwo ganddi. Tasgodd ystyr ac idiom o'i ffwrnais. Modrwyodd frawddegau. Meginodd fywyd i'w chwedl a thaniodd ei ddweud nes bod gwreichion yn neidio'n wyllt ar hyd llawr yr efail. Adroddodd am ddyfalbarhad, am dwyll ac am dalu iawn, am siwrne bell a mynd sha thre. Nyddodd edau oedd yn aur drwyddi.

Wedi iddo roi'i eiriau yn y cafn dŵr i oeri, cododd y gof ac aeth i mofyn bob o dafell o fara a sleisen o gig ar blât piwter. Dofodd y tân. Bwytaodd Ned y bara ond gadawodd y sleisen o gig yn ddatganiad ar ymyl y plât. Yna, torchodd ei lewys a phlymiodd ei ddwy law i'r cafn gan eu gadael yno am rai munudau.

'Fe wyddost am ddaioni ein dyfroedd. Daw dy ddwylo cyn ystwythed â'th dafod yn y man.'

Ar ôl iddynt fod yn y dŵr am beth amser, tynnodd Ned ei ddwylo o'r cafn a'u hagor a'u cau fel adenydd. Aeth 'nôl i eistedd ar ei stôl.

'Diosg dy sgidie, gyfaill,' gorchmynnodd y gof.

Tynnodd Ned ei ddwy esgid a'u cynnig iddo. Cododd hwnnw wres y tân. Dododd ei law yn y naill esgid ac yna'r llall nes iddo ganfod yr hoelen ddrwg. Cydiodd yn ei phen â gefel a'i thynnu o'i lle. Twlodd hi i'r tân. Arhosodd nes bod gwythiennau coch a phorffor yn ei britho. Yna, rhoddodd hi ar yr einion a dechrau'i ffustio â'i forthwyl leiaf. Creai ei forthwylio drawiadau cyson fel drwm martsio. Troellodd hi ar yr einion a chymryd cŷn ati, a hwnnw cyn deneued â nodwydd, a'i tharo'n sydyn fel curiad pig aderyn ar chwarel ffenest. Peidiodd y taro ac fe'i taflodd i'r dŵr.

Bron â bod yn yr un symudiad, tynnodd hi ohono eto a dal morgrugyn bychan yn ei efel. Roedd ganddo chwe choes a dau deimlydd mor denau ag edafedd yn codi o'i ben.

'Dyma hi'r hoelen fu'n dy boeni di ar dy daith.'

Gosododd y morgrugyn haearn ar gledr llaw Ned ac edrychodd hwnnw ar y trychfilyn llonydd a'i osgo fel petai rhwng dau gam.

'Siwrne dda i ti, ffrind.'

Aeth y gof yn ôl at ei waith a throdd Ned o'r efail gan edrych heibio iddo at y cyffion traed a oerai yn y cafn dŵr. Synhwyrai eu caethiwed yn ei gydio, eu cadwyn yn rhwystro'i gam ac yn atal ei lwybr.

Wrth iddo ddychwelyd at ganol y dref, gwelai fod y farced yn dirwyn i ben. Ambell un a grwydrai'r stondinau bellach. Roedd ei gerddediad yn sioncach ac yntau wedi cael tynnu'r hoelen a frathai ei gam. A hithau'n dechrau tywyllu, a chan iddo gysgu bob nos cyn hynny mewn sgubor wair neu gyntedd eglwys, penderfynodd geisio cael ystafell yn Nhafarn y Bear. Adeilad tri llawr oedd hwn ar sgwâr y dref, a'i wyneb yn ffenestri i gyd. Roedd y drws ffrynt ar gau a dim golwg o neb ar hyd y lle. Curodd Ned ar bren derw'r drws mawr. Arhosodd. Ni ddaeth neb i ateb ei gennad. Cododd ei ffon gerdded a churo'n galetach, pren ar bren. Y tro hwn, clywodd weiddi o grombil yr adeilad ac yna sŵn dadfolltio'r drws, troi'r allwedd a'i agor.

'Peth prin yw amynedd yn yr hen fyd 'ma, mae'n amlwg.'

Dyn byr, boliog oedd biau'r geiriau. Roedd wedi colli pob blewyn o wallt ei ben, ond ceisiai wneud yn iawn am hyn drwy gadw barf drwchus, flewog. Roedd ei drwyn yn drawiadol o goch a'r gwythiennau'n rhidyllu i'r golwg. Yn wahanol i'w ên, roedd y cytseiniaid a ddeuai o'i enau wedi'u heillio'n llyfn, ei acen yn feinach na llafn gwelltyn a'i groeso'n feinach fyth. Trodd gan adael i Ned ei ddilyn drwy'r cyntedd at ystafell gefn. Eisteddodd ac estyn am lyfr cownt a phluen ysgrifennu.

'Wy'n cymryd dy fod yn chwilio am wely i ti a'th barsel mawr.'

'Fe gymeraf wely i'r parsel yn burion, ond cadair a fynnaf i fwrw 'mlinder. Ni fu i mi orwedd ers troad y ganrif. Rwy'n siŵr bod modd i ni ddod i ddeall ein gilydd.'

Cododd gŵr y dafarn ei ben o'r llyfr gan adael i'w drem grwydro'n araf dros y gwrthrych a safai o'i flaen. Cyrhaeddodd ei lygaid ben eu taith ar y bysedd meinion ar y ford a'r rheini'n ymdebygu i draed adar.

Gollyngodd ei eiriau'n bader o'i geg gilagored.

'Dau swllt am wely ar y trydydd llawr a'r hyn o ymborth y gallwn ei gynnig i ti drannoeth dy gwsg. Cei gig a bara a chwrw bach i dorri dy syched. Cym e, gyfaill. Chei di ddim gwell cynnig o fa'ma i ben pella Llundain. Paid â gofyn am ostyngiad achos mae peth felly'n sen ar ein haelioni.'

Yna, ychwanegodd,

'Wy'n cymryd na fyddi di am dalu pum swllt am stafell ar yr ail lawr gyda dŵr cynnes i wmolch a sebon lafant i waredu gwynt dy lwybr? Hmm?'

Aeth Ned i'w boced, tynnu dau ddarn swllt a'u cynnig i'r dyn. Bachodd hwnnw'r sylltau'n awchus, eu curo fesul un ar bren y ford a'u rhoi yn ei wasgod.

'Enw?'

'Edward Williams…'

Dechreuodd y gŵr ysgrifennu'r enw yn y llyfr.

'… cofiwch, mae rhai'n fy ngalw i'n Iolo Morganwg.'

'Dau enw, myn diawch i? Mae ambell adyn yn y byd 'ma'n bodloni heb un.'

'Rwyf hefyd yn Rhys Goch ap Rhicert. Ond Ned ydw i i fy ffrindiau.'

Oedodd y tafarnwr cyn ateb. Syllodd yn ddrwgdybus ar y gŵr rhyfedd hwn a dresbasai ar gydymffurfiaeth ei fyd.

'Edward Williams wyt ti yn fy llyfr i. Arwydda. Os medri di.'

Cynigiodd y bluen i Ned. Ysgrifennodd hwnnw'i enw'n Iolo Morganwg a dychwelodd y bluen i'w pherchennog.

'Un o ble wyt ti, Williams? A phaid â dweud bod gen ti dri chartre hefyd.'

'Dof o Drefflemin ym mro Morganwg.'

'Wy'n siŵr ei fod yn lle dymunol tu hwnt. Ry'n ni'n oddefol o bob math yn y lle hwn a chei di fod yn bwy bynnag a ddymuni. Dwy reol sydd, dim trafod gwleidyddiaeth a dim pregethu crefydd.'

'Gas 'da fi'r ddau beth.'

'Beth sy'n tynnu Cymro i'r parthe hyn?'

'Ar fy ffordd i gymodi ydw i.'

'Dwed ti,' atebodd y gwestywr gan lygadu Ned yn amheus.

Ar hynny, dyma forwyn lygatddu'n ymddangos yn cario bwcedaid o lo. Cyfarthodd y tafarnwr arni.

'Cer â'r gŵr bonh—' Bwriodd gip at y Cymro. 'Cer â hwn i'w lofft ar y llawr ucha,' ac yna trodd at Ned a dweud, 'Cer â'th barsel 'dat, fe fydda i'n cloi'r drws mawr am hanner nos, os na fyddi di mewn cyn hynny cei gadw cwmni i'r sêr.'

Dilynodd Ned y forwyn lan y staerau ac at lofft oedd yn cynnwys chwe gwely wedi'u gosod yn anghyffyrddus o agos at ei gilydd.

'Cewch chi hwn, syr,' meddai hi gan amneidio at y gwely oedd agosaf at y pared.

Tynnodd Ned y parsel oddi ar ei ysgwyddau a'i roi ar y gwely. Daliai'r forwyn i sefyll yno.

'Syr, mae angen i chi fod yn wyliadwrus yma. Bydd gan rai eu golygon ar eich eiddo.' Roedd ei hacen wedi'i britho gan arogl seler laith a sebon sur.

'Diolch i ti am dy gyngor.'

'Ai Cymro ydych chi?'

'Ie, dyna ti. Pam wyt ti'n gofyn?'

'Roedd Mam yn Gymraes. Daeth hi i Rydychen i gadw tŷ a hithe ond yn bedair blwydd ar ddeg. Un o orllewin Cymru oedd hi, o ardal Caerfyrddin.'

'Caerfyrddin, ie? Tref fonheddig. Gwn amdani'n dda. Mae llefydd gwaeth,' atebodd Ned â gwên ar ei wyneb.

Eisteddodd y forwyn ar ymyl ei wely. Plethodd ei bysedd ynghyd. Cnodd ei gwefus fel petai'n arwydd ei bod hi am ddweud rhywbeth amgenach na phasio'r amser yn gwrtais.

Sylwodd Ned ar ei llygaid duon a'i gwallt tywyll a glymwyd yn gwlwm twt uwch ei gwar. Roedd ei chroen wedi tywyllu yn yr haul ac yn bradychu'r ffaith ei bod yn treulio'i dyddiau'n llafurio'n galed. Gwelodd ddwylo oedd wedi hen arfer â chario dŵr a chodi pwn, eu hewinedd wedi'u malurio fel ymyl llechen ac ôl llafur wedi ymdreiglo'n ddwfn i'r creithiau bychain a addurnai'i chroen. Gwisgai fodrwy fechan, denau ar ei llaw dde. Roedd hi'n anodd rhoi oed iddi, ei sirioldeb yn ei chadw rhag heneiddio.

Hi oedd y cyntaf i dorri'r tawelwch.

'Roedd Mam yn arfer canu yn Gymraeg i mi pan oeddwn i'n fach. Rhyw gân oedd hi am ddyddie'r wsnoth a'u gaf'el amdanom. Rhyfeddwn at sŵn ei chân a'r seinie anghyfarwydd. Dychmygwn eu bod yn perthyn i wlad oedd yn bell, bell i ffwrdd neu rywle o dan y ddaear. Dychmygwn fod Mam yn perthyn i hil y tylwyth teg a'i bod wedi dod i Wantage i'm hudo i ffwrdd. Dysgodd fi i gyfri yn Gymraeg hyd at saith ac i enwi adar y coed. A ninne yn ein tlodi, dywedodd na fyddai angen i mi fyth gyfri heibio i saith. Byddai'n dweud wrthon ni weithie, "Yr unig beth sy 'da fi i'w roi i chi yw stori", ac yna byddai'n adrodd am ryw forwyn yn codi o ddŵr llyn neu am ddewin a derwen oedd yn gwarchod tre.'

Daeth Ned i eistedd wrth ei hochr.

'Fe roddodd dy fam y cyfoeth mwyaf i ti. Beth yw dy enw?'

'Catherine mae'r rhan fwya yn fy ngalw i. Ond Catrin fues i i Mam erioed.'

'Catrin fyddi di i minnau hefyd.'

Dechreuodd Ned siarad am bob math o gynlluniau oedd ganddo – am fynd i America i chwilio am lwyth o Indiaid brodorol oedd yn siarad Cymraeg, am wneud ei ffortiwn yn cynhyrchu pensiliau, am ei fwriad i gasglu ac argraffu hen ganeuon y Cymry ac am ddileu caethwasiaeth. Soniodd wrthi am Forganwg nes bod ei eiriau'n bwrw yn erbyn ei gilydd ar ruthr gwyllt. Datgelodd yr hyn y bwriadai ei ddweud wrth ei gyfaill, Owain Myfyr, ymhen deuddydd pan fyddai'r ddau'n cymodi. Eglurodd wrthi sut y bu i Myfyr ac yntau ddieithrio ond ei fod yn bwriadu ei wahodd yn ôl i Gymru ac y byddai'r ddau'n cael eu croesawu'n arwyr cenedlaethol. Dywedodd ei fod a'i fryd ar ddod â Myfyr sha thre. Gofynnodd iddi wrando er mwyn clywed, ar yr awel, sŵn eu traed yn gadael y ddinas, eu gwadnau'n tip-tapian ar hyd ei phalmentydd.

'Fe fyddi di'n gallu ein clywed ni'n dod tuag at Wantage o bell, yn martsio sha thre fel catrawd.'

Siaradodd nes bod golwg flinedig ar Catrin druan. Daeth llais y tafarnwr i darfu ar ei barabl. Gwaeddai hwnnw o grombil yr adeilad ar ei forynion i ddod ato.

Cododd hi.

'Mae'n ddrwg 'da fi i mi dy gadw. Rwyt ti'n siŵr o fod wedi hen ddanto ar sŵn fy llais,' meddai Ned.

'Dim o gwbl. Gwelaf ddyn a'i wythienne'n ferw o swyn a syniad. Does neb wedi sgwrsio gyda fi fel hyn ers dyddie Mam.'

'Rwyt tithau'n un dda am wrando.'

Trodd y ferch ac aeth am y drws. Oedodd ar ganol cam fel petai'n amau sadrwydd yr estyll dan ei thraed. Trodd yn ôl at Ned.

'Y'ch chi'n credu y daw eich cyfaill 'nôl 'da chi i Gymru?'

Meddyliodd Ned cyn ateb. Clywodd waedd perchennog y dafarn unwaith yn rhagor, ei ddiffyg amynedd yn amlwg.

'Mae pob awel yn dychwelyd.'

'Ond ma'n rhaid iddi ganfod ei thrywydd ei hun,' atebodd hithau.

Hongiai'r geiriau'n feichiog yn yr awyr am rai eiliadau nes i waedd arall darfu arnynt a'u chwalu fel swigen sebon. Ar hynny, agorodd hi ddrws yr ystafell a chamu tuag at y coridor.

'Aros.'

Aeth Ned i'w barsel a thynnodd bensil lechen allan ohono.

'Cymer hon. A dwed wrth bawb taw Iolo Morganwg roddodd hi iti.'

Derbyniodd hithau ei hanrheg.

'Fe wna i. Fe ddysga i'r bychan sy 'da fi i dynnu llun ac i sgrifennu'i enw.'

Edrychodd hi ar ei got a'r rhwyg yn ei defnydd.

'A fynnech chi i mi drwsio'ch cot cyn i chi fwrw am Lundain? Mae gwŷr mowr yn fan'no a fydden i ddim isie i chi fynd i'w cwmni'n garpie.'

'Does 'da fi ddim cywilydd o fynd atyn nhw'n garpiau, neu hyd yn oed yn noethlymun o ran hynny. Onid yw hi'n rhyfeddol bod ein bonheddwyr yn credu ein bod ni'r werin bobl yn dymuno'u hefelychu ym mhob agwedd o'u bywydau a'u moes? Mae'n dda gen i eu goleuo taw nid felly mae pethau a bod angen iddyn nhw ddad-ddysgu hynny. Yr un ydym yng ngolwg y Bod Mawr, boed yn frân, boed yn frenin.'

Syllodd y forwyn arno wrth i'w lygaid danio ac yna tawelu, cyn iddo ychwanegu,

'Ond mae croeso i ti fynd â hon os nad yw'n ormod o ffwdan i ti. Rwyt yn garedig iawn.'

Cymerodd Catrin ei got a'i rhoi dros ei braich.

'Fe ddof â hi 'nôl cyn i chi ad'el bore fory. Bydd hi'n disgwyl amdanoch.'

Gafaelodd yntau yn ei dwylo. Closiodd ati a'i chusanu'n ysgafn ar ei boch. Edrychodd y ddau i fyw llygaid ei gilydd. Gwyrodd Ned ei wyneb yn agosach ati a'r eiliad honno tarfwyd ar ei fwriad gan sŵn curo mawr lawr stâr a tharanu gorffwyll y tafarnwr barfog, trwyngoch.

'Gwell i mi fynd. Mae e'n colli arno'i hun weithie.'

Camodd o'r ystafell gan adael ei llun ar ôl ym meddwl Ned. Caeodd ei lygaid i geisio cadw'i hwyneb yn hwy yn ei gof. Aeth i eistedd ar y gwely gan osod ei barsel yn gymar cwsg anniddig iddo'i hun. Roedd tywyllwch yr hydref yn dechrau cau amdano.

Er ei fod ar ei gythlwng, eisteddodd yno gan adael i'r cysgodion ei fynwesu. Ymhen dim roedd wedi cysgu, a chysgodd nes iddo gael ei hanner dihuno wrth i deithiwr arall glwydo. Ymgollodd eto i'r nos, tan iddo glywed drws yr ystafell wely'n agor yn yr oriau mân a dau digon ansad eu golwg yn dod trwyddo ac yn melltithio'u ffordd i'w gwelyau. Dihunodd eu sŵn un arall o breswylwyr y llofft a dechreuodd hwnnw gyfarth arnynt a'u galw'n bob enw anllad dan haul. Rhechodd y ddau eu hymateb herfeiddiol i hwnnw. Llenwyd y llofft â'r cemegau mwyaf annymunol, yn gyfuniad o wynt cwrw, gwynt rhechen a phecial, gwynt traed ac arogl tamprwydd. Bu'r cwbl yn ormod i Ned a bu'n rhaid iddo godi o'i wely i hwdu'n egr drwy un o ffenestri'r ystafell.

Yna, rhwng cwsg ac effro, daeth Catrin ac estyn ei llaw iddo, ei godi'n gwmni iddi i gerdded at ben draw'r byd dan olau'r lloer, ei chamau'n ysgafnach na phluen eira. Oedodd y ddau wrth lan Llyn y Darren. Roedd y lloer yn nofio ar ei wyneb fel darn hanner coron. Gwyliodd Ned y dŵr yn tonni gan achosi i'r cylch arian grynu'n ysgafn. Estynnodd ei law a'i gosod yn y dŵr oer i godi'r darn arian ohono a'i gynnig i Catrin. Derbyniodd hithau ei anrheg â gwên dirion. Gwelodd bapurau ei barsel yn codi'n haid o adar gwynion fel fflam ac yn ehedeg yn gwmwl uwch eu pennau cyn diflannu. Yna dychwelodd un ohonynt a glanio ar law agored Ned. Mwythodd yntau ei blu'n dyner. Llyfnodd hwy nes iddynt agor yn ddarn glân o bapur o'i flaen...

Unwaith bu sŵn adenydd

Bron na allai Gwri deimlo curiad calon o dan ei fysedd wrth iddo adael iddynt grwydro ar hyd wyneb y maen.

Gwyddai, serch hynny, fod yna lwybr yn ei gymell a bwriodd ati i'w ddilyn. Daeth at lwyn o fwyar a'r aeron wedi'u duo'n ddulas braf. Dechreuodd eu hel a'u bwyta'n awchus nes bod ei weflau a'i fysedd yn glais o borffor. Wrth iddo fystyn am un fwyaren fwy na'i gilydd, suddodd draenen yn ddwfn i'w fawd. Tynnodd ei law yn ôl yn sydyn a cheisio disodli'r bachyn o'i gnawd. Ond torrodd hwnnw yn ei hanner gan adael darn go egr ar ôl. Gwasgodd Gwri ef a cheisio gwthio'r drwg ohono. Bochiodd pelen o waed cyn llifo'n nant fechan ar hyd cledr ei law a chronni ger ei arddwrn.

Eisteddodd Gwri a cheisio tynnu'r ddraenen o'i fawd â'i ddannedd. Cnodd a phoerodd y darnau lleiaf o groen a chnawd nes ei fod yn noethi'r smotyn du oedd wedi ymgartrefu ynddo.

'Arglwydd, pa ddrwg sy'n dy gymell i ddarnio dy gnawd dy hun yn y fath fodd?'

Llamodd ei galon o glywed llais yn aflonyddu ar y tawelwch. Cododd i wynebu merch ifanc a chanddi wallt tywyll, du. Roedd ei chroen yn olau a'i gwedd yn brydferth fel blodau'r perthi.

'O ble daethost ti mor ysgafn dy droed?'

Sylwodd Gwri ar ei llygaid tywyll. Er bod haul isel diwedd y dydd yn disgleirio'n syth iddynt, ni chrychai ei thalcen ac ni led-gaeai ei hamrannau. Edrychodd Gwri i'w byw a gweld ei wyneb yn syllu'n ôl arno ef ei hun. Roedd yna ddyfnder iddynt nas gwelsai erioed o'r blaen.

'Deuthum ar dy drywydd di. Fe'th clywais yn siffrwd trwy'r glaswellt. Deuthum i ganfod pwy oedd yn aflonyddu'r awel.'

'Ac i'w weld, efallai?'

'I'w synhwyro. Rho dy law i mi.'

Estynnodd Gwri ei law iddi'n ufudd. Teimlodd ei bysedd yn crwydro ar hyd ei gledr yn dynerach nag ehediad glöyn byw.

'Hoffet ti imi ddarllen dy law i ti? Mae yna ddaearyddiaeth yma na wyddost amdani.'

'Beth weli di yma felly?'

Cododd ei threm a hoeliodd ei llygaid duon hi ei lygaid gleision ef.

'Mae gweld a gweld, fy arglwydd.'

'Maddeua i mi. Nid oeddwn yn golygu unrhyw amarch.'

Esmwythodd gledr ei law.

'Mi glywaf gân a honno'n burach nag anadl baban. Mae dewrder yma, a gonestrwydd. Ni fynni niweidio neb â'r dwylo hyn.'

Oedodd a gadael i'w chyffyrddiad bwyso'n drymach yng nghwpan ei law.

'Mae yna rywun yn disgwyl amdanat, yn codi'i golygon tua'r gorwel bob hyn a hyn gan ddyheu am weld dy osgo neu glywed ôl dy draed.'

Caeodd y ferch ifanc ei llygaid.

Ymhen tipyn, gofynnodd Gwri, 'Oes rhywbeth na fynni ei weld?'

'Mae rhywbeth na fedraf ei weld. Mae yna dwyll yn heintio'th lwybr. Mae cysgod yn t'wyllu'r ffordd.'

'Diolch i ti am fy rhybuddio. Er hynny, ni fedraf droi am adref.'

Gosododd Gwri ei law ar ei llaw fechan hi. Gofynnodd, 'Beth weli di?'

'Gwelaf nos a dydd, gwelaf y cudyll rhwng canghennau'r coed a'r brithyll ym Mhwll y Cafn. Gwelaf wên a gwelaf wg.

Gwelaf yfory yn dod â'i wawr i euro'r tir. Gwelaf yr haul ar fy wyneb. Gwelaf hyn oll ond ni welaf wallt aur fy mhlentyn na lliw ei lygaid tirion.'

Teimlodd Gwri ei dagrau'n gwlitho'i law yn ysgafn. Tynnodd hi'n dyner i'w arffed. Gadawodd i'w phen orffwys ar ei fynwes. Clywai ei chalon yn curo'n gyson fel cerddediad morgrugyn.

Cododd y ferch ei phen a gofyn,

'Beth wyt ti'n ei gadw yn dy sgrepan, arglwydd?'

Oedodd Gwri cyn ateb,

'Nid oes ynddi ddim.'

Ni chlywodd hithau ei eiriau'n glir gan gymaint oedd curiad ei galon a thrawiad trwm ei gelwydd. Gofynnodd iddo,

'A weli di'r fedwen honna o'n blaenau a'i rhisgl yn llygaid i gyd?'

'Gwelaf.'

'Fe'th rasiaf di ati ac yn ôl.'

Gwthiodd y ferch ifanc Gwri o'i gafael a rhedodd ar gwrs gwyllt am y goeden honno oedd hyd cae i ffwrdd. Symudai fel trydan dros wyneb y tir, ei gwadnau bach yn sgwaru'r llwch yn gymylau llwyd. Er i Gwri geisio'i dal fe faglai'n gyson dros wreiddyn neu dwmpath pridd. Er cystled rhedwr ydoedd, er cyn heini ac ysgafned ei droed, ni allai yn ei fyw â dod yn agos at lwybr y ferch ddall. Llwyddai honno i osgoi pob mieryn, pob rhych a phob pant. Troellodd o amgylch y goeden fedw fel awel yn cwmpasu craig. Symudai'n ddiymdrech, a hi gyrhaeddodd yn gyntaf yn ôl i'r man hwnnw lle dechreuon nhw'u ras.

Daeth Gwri i'w chanlyn a'i wallt melyn yn un llwyn afrosgo. Cwympodd yn llwyth i'w breichiau, y ddau'n goelcerth o chwerthin. Tynnodd ef hi i'r llawr a gorweddodd y ddau ar eu hyd, eu calonnau'n curo'n gynt na charnau meirch ar ffo, dau gorff yn cyffwrdd a chanfod gwefusau'i gilydd ac yna un gusan yn dilyn cusan arall.

Agorodd Gwri ei fantell a'i thynnu oddi amdano. Er cyn ysgafned oedd, teimlodd ryddhad o'i chodi oddi ar ei ysgwyddau. Gosododd hi ar lawr a gwthiodd y ferch lygatddu'n dyner fel ei bod yn gorwedd arni.

Gorweddodd yntau wrth ei hochr a chrwydrodd ei fysedd drosti, gan ddatod y clymau hynny oedd yn gwarchod ei chnawd. Gwthiodd ei ddwylo rhwng ei choesau ac anwesu'n ysgafn nes peri iddi riddfan ei phleser. Cusanodd y ddau a thynnodd hi Gwri tuag ati nes ei fod yn gorwedd rhwng ei choesau. Byseddodd ei war a thynnu'i wyneb at ei hwyneb i'w gusanu'n dynn. Ymatebodd Gwri gan godi'i gwisg a chanfod mynediad i'w chorff.

Teimlodd Gwri ei chroth yn amlennu amdano wrth iddo hyrddio'i hun i mewn iddi. Griddfanodd hithau a chrymu'i chefn fel bwa enfys. Clymodd ei choesau am ei ganol gan ei dynnu'n ddyfnach ac yn ddyfnach. Gwthiodd ei thafod yn ddwfn i'w geg a rhedeg ei bysedd trwy'i wallt. Cyflymodd yntau ei symudiadau rhwng ei choesau a cheisio dal ei hun rhag ffrwydro y tu mewn iddi. Daliodd. Daliodd. Daliodd ac yna gollwng ei hun nes ei bod hi'n gwingo'n bleserus oddi tano.

Datgymalodd y ddau a gorwedd wrth ochrau'i gilydd gan wrando ar eu calonnau'n carlamu. Ymhen ychydig, cododd hi i bwyso ar ei phenelin. Cymerodd ei law yn ei llaw a'i chusanu'n dyner.

'Oes iti enw?' gofynnodd e.

'A pha wahaniaeth wnaiff enw,' atebodd hithau, 'a thithau wedi ymgyflwyno dy hun i mi'n gwbl ddiwahoddiad?'

'Onid oedd gwahoddiad yn dy gusan, yn dy gyffyrddiad ac yn nyfnder dy lygaid?'

'Ni welsom yr un peth,' atebodd hithau'n swta, 'nid oedd i'n llygaid yr un gwirionedd. Oni gelaist ti'r gwir?'

Cododd a chroesi ychydig gamau at ymyl y goedwig. Ymestynnodd am swp o ddail o'r goeden mwyar Mair.

Lapiodd y dail am ei fawd. Rhedai eu sudd gwyn yn ffrwd dros wyneb ei law. Teimlai yntau'r sudd yn brathu'r cwt ar ei fawd. Tynnodd y ferch ddall nodwydd ac edau iddi o'i gwisg a dechrau pwytho'r dail yn rhwymyn. Gan ddefnyddio'r nodwydd, pigodd drwyddynt hyd at y cnawd yn ysgafn; yna gwasgodd ei law a rhyddhau mwy o'r sudd gwyn.

Teimlai Gwri fel petai ffrwydradau bychain yn symud trwy'i gorff. Arafodd y byd o'i gwmpas a dechreuodd y tirlun nofio o flaen ei lygaid. Llifodd y lliwiau'n un rhaeadr gan olchi drosto. Clywodd gân y gog fel larwm yn ei glustiau.

Edrychodd Gwri arni a gofyn,

'Pa ddewiniaeth yw hyn?'

'Dim dewiniaeth, meddyginiaeth yw.'

Tarodd y geiriau'n llipa ar ei glyw. Teimlodd ei hun yn cwympo'n ôl ar ei gefn heb ddim i'w ddal. Estynnodd ei ddwylo a gafaelodd hi ynddo. Er hynny, roedd ei gorff yn dal i deimlo fel petai'n cael ei dynnu yn ôl ac yn ôl.

Clywodd hi'n siarad ag e. Edrychodd arni a gweld pen aderyn ar ei hysgwyddau.

Crawciodd. Ceisiodd Gwri sadio'i hun. Ond teimlai'i gorff yn glwt a chlywodd ei hun yn cynnal sgwrs â'r ferch lygatddu fel petai ef ei hun yn fod arall.

'Arglwydd, a gaf i ofyn ffafr ohonot?'

'Gofyn, ond nid addawaf ei dyfarnu.'

'A roi di ddarnau arian i mi am yr afal hwn? Mae golwg wedi blino arnat a chredaf y gelli wneud tro â'i felyster.'

'A pha les fyddai hynny yn ei wneud i ti?'

'Mae fy maban yn glaf ac â'th ddarn arian erfyniaf foddion iddo er mwyn iddo allu cysgu.'

'Cymer felly y tri darn arian hyn yn dâl am dy afal.'

Estynnodd y ferch ddall afal bras a choch i Gwri a rhoddodd yntau ddarnau arian yn ei llaw wag. Cnodd yn dda gan dorri croen yr afal a gadael i'w sudd redeg ar hyd ei weflau. Cnodd a llyncodd. Yna poerodd y darnau oedd yn weddill o'i geg.

'Pa gast yw hwn? Ni flasais afal mor chwerw erioed.'

Teimlodd Gwri ei geg yn dechrau poethi fel petai llond pen o ddynad ganddo. Câi anhawster anadlu. Tagodd a cheisio cyfarth y drwg o'i gorff. Ceisiodd gyfogi'r gwenwyn o'i stumog ond ni allai gyffro namyn dim ohono.

'Ni fynnaf niwed i ti, ond ni wyddwn ffordd arall o'th dawelu. Nid dy arian a gyrchaf ond dy gân. Fe'i mynnaf i suo cwsg fy maban ac yntau'n glaf. Fe ddaw dy gân i'w wroli a'i sirioli.'

Cwympodd Gwri ar ei liniau a theimlo'r byd yn cau amdano. Teimlai fel petai rhywun yn plygu'r wybren yn dwt ac yn daclus saith gwaith gan adael dim ond y tywyllwch duaf y gellid ei ddychmygu.

Roedd ei geg yn anialwch o sychder a theimlai'r tywod yn llenwi'i lwnc. Teimlai'r ddaear yn ei dynnu'n dynnach ac yn dynnach i'w harffed a'i breichiau'n cau'n efel amdano.

Camodd y ferch ddall dros ei gorff ac estyn ei llaw i'w sgrepan. Tynnodd y gragen ohoni a'i rhoi ar gledr ei llaw, a'i theimlo'n cosi'i chroen.

Edrychodd ar Gwri'n gorwedd yno'n ddiymadferth. Nesaodd ato gan synhwyro'r wybren yn cael ei gwasgu o'i fodolaeth. Medrai arogli ei gorff yn gwingo, yn lleddfu ac yna'n llonyddu. Gafaelodd yn ei law a theimlo'r curiad gwannaf yn distewi. Fe'i gollyngodd a gadael iddi gwympo'n llipa ar lawr. Gwelwodd Gwri. Gosododd y ferch ddau ddarn arian ar ei lygaid caeedig a throi ei chefn arno.

Wrth iddi gilio, teimlodd awel ysgafn yn cyffwrdd â'i boch fel petai ehediad aderyn yn croesi'i hwyneb. Cwympodd gweddill yr afal o afael Gwri ac mewn eiliad meddiannodd catrawd o forgrug gnawd gwyn y ffrwyth.

Yn ddiarwybod i'r ferch lygatddu, glaniodd aderyn tywyll

ei blu ar gorff yr arglwydd ifanc. Fesul un, gyda'i big, cododd y darnau arian oddi ar ei lygaid a'u towlyd. Esgynnodd, gan ddiflannu'n smotyn yn yr awyr. Petai rhywun yno i'w weld byddent wedi sylwi arno'n plymio'n garreg i ddŵr oer llyn a oedd gerllaw, Llyn y Coelion, a chodi ohono eiliadau wedyn.

Gyda'i gorff yn wlyb, glaniodd yr aderyn ar Gwri drachefn a gadael i ddŵr y llyn ddiferu dros ei wefusau. Gwnaeth hyn saith gwaith. Ar y seithfed tro, sylwodd yr aderyn ar amrannau Gwri'n cyffro, yn crynu ac yn lled-agor. Yna hedfanodd oddi yno. Dechreuodd fwrw glaw.

Glawiodd law taranau. Tasgodd y dafnau glaw oddi ar y ddaear gan greu trwst byddarol. Dawnsiodd dail y coed.

Glawiodd a glawiodd nes bod ffrydiau dŵr yn byseddu'u ffordd ar hyd wyneb y tir. Glawiodd nes bod corff Gwri'n bysgodyn a'i wallt yn blastar am ei ben. Glawiodd nes bod y glaw yn hel yn byllau dyfnion. Rhedai'r dŵr yn nentydd ar hyd wyneb y tir sych a chludo deiliach a phetalau crin fel gwrec. Ac yna peidiodd.

Trodd dydd yn nos ac yna'n ddydd eto. Gwawriodd a machlud drosodd a thro. Ni chyffroesai Gwri. Gorweddai yn un â'r tirlun. Bob dydd wrth i'r haul godi dros gopa Bryn yr Eryr, glaniai brân dyddyn ddu ar ei ysgwydd gan gyrchu ychydig o ddŵr Llyn y Coelion yn ei phig a'i adael i lifo'n ffrwd ar hyd ei weflau. Er gwaethaf ei hymdrechion, ni fu symud ar Gwri. Tyfodd glaswellt o'i gwmpas. Dal i alw a wnâi'r frân. Dôi â tho drosto fesul brigyn a'u plethu'n gromen uwch ei ben a chreu nyth ben i waered. Llenwodd y bylchau â mwsogl a gwellt crin. Gofalodd fod pob darn ohono wedi'i orchuddio'n glyd. Blodeuodd rhosod y gwynt, llygaid Ebrill, blodau taranau a bysedd y cŵn yn eu tro. Aeth y ffurf yn unffurf â'r ddaear. Daeth i fod yn dwmpath. Yn grugyn. Fe'i gorchuddiwyd gan fara caws y gwcw. Oedodd cwningen a cheinach wrth ei ymyl. Cuddiodd gwenci yn ei gesail. Sleifiodd cadno heibio iddo.

Taflodd y blodau eu petalau. Fe'i gorchuddiwyd gan ddail crin. Daeth ac aeth gaeafau gyda'u heira. Ac ym mhob gaeaf roedd olion traed brân i'w gweld yn britho'r twmpath gwyn megis ysgrifen.

Dydd Iau, 5 Hydref 1808

Edau aur sy'n dy gynnal di

Dihunwyd Ned gan gân foreol rhyw geiliog. Cododd a chasglodd ei bethau ynghyd. Roedd y ddau feddwyn yn ymgydio yn ei gilydd yn ddrysfa o goesau a breichiau, eu hanadlu'n rhannu'r un poced o aer gwenwynig.

Disgynnodd ar hyd y grisiau a dilyn yr hyn o sŵn oedd ar y llawr. Clywai rai'n crafu platiau a symud celfi a daeth at ystafell ac ynddi ford fawr yn ei chanol. Roedd dau yno'n bwyta bara a chig ac yn golchi'r bwyd â diod o gwrw. Dau ddywedwst oeddynt, heb na 'bore da' na 'shwd mae' ar eu cyfyl. Roedd pot o goffi yno ac awgrym o stêm yn codi ohono. Ymunodd Ned â nhw a daeth y gwestywr boliog o rywle a thaflu plât o'i flaen. Edrychodd hwnnw'n annifyr arno pan ofynnodd Ned am gaws a ffrwythau, ond daeth â nhw yn y man. Bwytaodd Ned ei frecwast yn fynachaidd o dawel. Cadwai ei olwg ar y drws rhag ofn i Catrin ymddangos o rywle gyda'i got dros ei braich.

Llyncodd weddill ei bryd a chodi o'r ford. Tynnodd botel las o'i boced a gadael i ychydig o'i hylif lifo dros ei wefusau, ei adflas sur yn chwerwi'i dafod. Gadawodd yr ystafell fwyta a throi am brif goridor y gwesty. Roedd dwy ystafell â'u drysau ar agor. Tarodd ei ben heibio'r drysau gan obeithio gweld Catrin yn un ohonynt, wrth ei gwaith neu'n cynnal sgwrs ag un o'i chyd-forynion.

Daeth y trwyn coch o rywle a sibrwd yn ei glust,

'Dy'n ni ddim yn gadael i westeion grwydro'r stafelloedd hyn.'

Neidiodd Ned a throi i wynebu'r tafarnwr.

'Chwilio am Catrin oeddwn i. Mae'n flin 'da fi.'

'Pwy ddwedi di yw Catrin pan mae hi gartre?'

'Na, Catherine rwy'n ei feddwl. Catherine,' dywedodd gan bwysleisio'r 'th' feddal yn ei henw.

'Does dim Catherine yn gweithio yma,' atebodd hwnnw gan boeri'r 'th' yn ôl i wyneb y Cymro.

Oedodd Ned a chwilio'i gof rhag ofn ei fod wedi drysu. Yna, stablodd ateb.

'Oes, mae 'na Catherine. Merch gwallt tywyll, lygatddu. Hi ddangosodd fi i'r llofft neithiwr.'

'Wn i ddim beth ddywedodd hi wrthot ti, ond nid Catherine yw ei henw hi ar ein llyfre ni. Grace oedd yr un aeth â ti i'r llofft os cofia i'n iawn, ac mae eisie digon o hwnnw i'w thrin hi. Duw a ŵyr pa enw roith hi i'w hunan nesa.'

'Rwy'n siŵr iddi ddweud y byddai'n cwrdd â fi yma bore 'ma.'

'Does dim golwg ohoni, a bydd 'da fi newyddion iddi pan gyrhaeddith, os cyrhaeddith hi; mae hi wedi dod yn hwyr i'r gwaith am y tro ola.'

'Adawodd hi neges i fi?'

'Aros di eiliad. Wy'n siŵr iddi ad'el rhywbeth yma.'

Gwnaeth ati i chwilio fel petai'n gweld llong allan ar y môr.

'Bag o aur. Sidan gore'r Dwyrain Pell. Pedair pedol arian. Aros, na, nid dy enw di sydd ar yr un o'r rhain,' meddai'n wawdlyd. 'Gyfaill, mae hon mor ddi-dryst â threisiad blwydd. Fyddai hi ddim yn gwybod beth yw neges hyd yn oed petai wedi'i hoelio ar ei thalcen. Pwy ad'el pethe fyddai hi a hithe'n berchen ar ddim ond yr hyn o awyr iach sydd eisie arni i'w chadw'n fyw?'

Nid atebodd Ned. Gofynnodd am fwcedaid o ddŵr a rasel a llwyddodd i eillio tridiau o farf cyn dechrau eilwaith ar ei daith. Dychmygai ei got yn ffitio'n dwt dros ysgwyddau un o drigolion Wantage a hwnnw'n edmygu'i hun mewn llun drych a hithau'r forwyn yn cyfrif ei darnau arian. Aeth ar ei daith heb fantell am ei gefn a theimlai'r gwynt main yn gwthio'i gyllell i'w asennau.

Teimlai siom yn gafael amdano fel crafanc, fel cyffion. Synnai iddo gael ei dwyllo yn y fath fodd. Prysurodd ei gam gan geisio gadael Wantage cyn gyflymed ag y medrai. Pasiodd yr efail a'i thinc morthwylio. Daeth at garreg filltir yn dweud ei fod ar y London Road a bod pum milltir ar hugain cyn cyrraedd Reading.

O'i flaen roedd rhes o golfenni, saith ohonynt, a gwyntoedd cyntaf yr hydref eisoes wedi'u dinoethi. Sylwodd fod rhywbeth a ymdebygai i frân fawr ddu yn clwydo ar un ohonynt.

Wrth i'w gamau nesu sylweddolodd taw cot oedd yn hongian yno a honno wedi'i phlygu'n dwt. Dringodd i'w rhyddhau a gweld taw ei got ef ei hun oedd hi, ei rhwyg wedi'i thrwsio'n gelfydd. Rhyfeddai at waith gwinio'r forwyn. Braidd na fyddai dyn yn gallu gweld ôl y nodwydd ac edau arni o gwbl. Rhedodd ei fys ar hyd y graith a deallai, o weld pa mor anweladwy oedd ôl ei thrwsio, fod modd mendio'r rhwyg ddyfnaf. Gwisgodd hi amdano a'i chael fel cot newydd. Tynnodd hi'n dynnach i'w warchod rhag yr awel lem.

Wrth iddo wneud, teimlai rywbeth yn pwyso yn ei boced cesail. Estynnodd ei law iddi a thynnu pecyn bychan wedi'i wneud o ddefnydd, ei gynnwys yn drwm ac yn galed. Roedd rhuban coch yn tynnu'i wddf yn dynn at ei gilydd. Datododd Ned hwnnw a chanfod carreg ynddo, maint bwlyn drws.

Roedd rhywun wedi ysgrifennu arni mewn pensil lechen,

Edau aur yw dy stori.

Dododd hi'n ôl yn ddiogel a gwres ei geiriau'n danbaid dan ei galon. Anelodd am Lundain, ac wrth iddo fynd synhwyrai fod ganddo gwmni ar ei daith, yn ei mesur fesul saith cam.

Unwaith bu craith ar wyneb craig

Un gwanwyn daeth hwth o ddeheuwynt i sgubo'r eira o'r tir. Glasodd y twmpath a daeth broch i'w dyrchu. Rhyddhawyd y pridd. Anadlodd y ddaear yn dyner. Fesul lled adain gwybedyn dechreuodd y twmpath ddadwreiddio. Symudodd, a chyn arafed â throi'r tymhorau llusgodd Gwri ei hun o'i afael. Cododd hyd at ei gwrcwd a theimlo heulwen y gwanwyn yn cynhesu'i esgyrn. Arhosodd yno gan anadlu sawr y tymor hwnnw i'w ysgyfaint. Teimlai fel petai gyr o wartheg wedi stablan drosto. Roedd ei gyhyrau mor anystwyth â phedol ceffyl. Sylwodd ar graith go egr ar ei fawd chwith ac olion deilen grin wedi'u huno â'i groen. Ni allai yn ei fyw gofio sut y bu iddo niweidio'i hun yn y fath fodd. Roedd y cnawd yn dyner.

Daeth rhyw benysgafndod drosto a throdd o'i gwrcwd yn araf i orwedd ar ei gefn, gan adael i'r haul olchi dros ei wyneb. Caeodd ei lygaid. Ni wyddai ai gwawrio ynteu fachludo ydoedd. Teimlai ei wefusau'n sychach na phriciau wrth ymyl tân. Cyffyrddodd â'i wyneb ei hun. Roedd y blew oedd yno'n teimlo'n anghyfarwydd, fel petai'n rhoi ei law ar hyd cefn gafr. Llyncodd ei boer. Ceisiodd ddweud rhywbeth er mwyn clywed ei lais ei hun, ei enw, Gwri.

'Crawc,' crawciodd. Crawciodd fel petai'n frân.

Dywedodd ei enw eto.

'Crawc.'

Clywodd ei grawcian aflafar yn atseinio. Ceisiodd wthio'r geiriau'n sŵn o'i berfedd.

'Gwerin,' crawciodd.

Teimlai'r geiriau fel cerrig yn ei wddf.

'Geiriau,' crawciodd. 'Gwenyn... Gwenwyn... Gwir... Gwirionedd... Gwri!' Clywodd ei enw'i hun yn gryglyd gras. Fe'i dywedodd eto ac eto. Yn dawelach. Yn arafach. Teimlodd y cytseiniaid yn crafu ymylon ei geg sych.

'Gwri.'

Swniai'n estron, fel enw lle ym mhen draw'r byd. Fe'i dywedodd drosodd a thro nes i'r dweud fynd yn sŵn diystyr.

Cododd eto ar ei eistedd. Yna, yn boenus o araf, ceisiodd sefyll. Gwthiodd ei hun yn gyntaf oddi ar y ddaear nes ei fod yn penlinio. Sythodd un goes ar y tro nes ei fod yn ei gwman. Fesul eiliad, symudodd ran uchaf ei gorff yn sythach ac yn sythach. Teimlodd ysictod yn cydio ynddo a'i gorff yn simsanu megis llong ar fôr tymhestlog. Daliodd ei dir. Camodd yn ei flaen. Un cam bychan, simsan, swil. Camau meddw. Cerddai fel dyn yn troedio llinyn. Yna un arall. Ac un arall nes bod ei gamau'n cerdded.

Oedodd i wrando ar guriad y tirlun. Roedd cân mwyalchen yn sirioli'r dydd a medrai Gwri glywed eos yn ceisio cystadlu â hi. Roedd ei fam wedi'i ddysgu i nabod cân yr adar yn yr un modd ag y byddai dyn yn nabod llais perthynas. Dryw bach oedd y nesaf i ymuno â'r côr, ei alaw'n soprano uchel. Teimlai Gwri'n fyw.

Symudai'r gwelltach uchaf ei dyfiant yn ysgafn yn yr awel. Er nad oedd dim na neb i'w weld, synhwyrai fod yna rywrai yn ei ddilyn, yn cymryd yr un camau ag e. Crawciai brân yn gras yn y cefndir a chanai cog yn dalog o daer.

Clywodd y fwyalchen eto, yr eos a'r dryw, ac yna credai iddo glywed llais ei fam a'i geiriau'n gweu trwy'r glaswellt fel haig o bysgod yn nofio trwy ddŵr. Ymchwyddai'r geiriau ac yna tawelu, gan ddrysu clustiau Gwri. Trodd y naill ffordd ac yna'r llall i geisio canfod ffynhonnell y geiriau. Saethai'r seiniau o'i amgylch fel gwenyn.

Dringodd y seiniau'n un cresendo aflafar fel petai cannoedd

o wenyn wedi'u dal yng nghwpanau bysedd y cŵn. Gosododd Gwri ei ddwylo dros ei glustiau er mwyn atal y sŵn ac arbed ei hun rhag cael ei lethu ganddo. Cwympodd ar ei liniau a thawelodd y dwndwr. Yna clywodd, cyn gliried â rheg mewn eglwys, eiriau ei fam yn dweud wrtho,

'Ni fydd popeth yn ymddangos fel y dylai. Gwylia am y rhai a fyn dy dwyllo. Ond fe ddei di o hyd i'r gwirionedd. Rwy'n ffyddiog o hynny. Y daith sy'n cyfri, nid ei phen draw.'

Tynnodd ei ddwylo oddi ar ei glustiau ac, wrth iddo wneud, sylwodd am y tro cyntaf mor rhychiog a llac oedd ei groen. Edrychodd arnynt yn ofalus a gweld bod sglein marwoldeb arnynt hwnt ac yma. Wrth iddo archwilio'i groen, clywodd sibrydiad yn saethu ar draws llwyfan ei gof...

'Ni fynni niweidio neb â'r dwylo hyn. Mae yna rywun yn disgwyl amdanat, yn codi'i golygon tua'r gorwel bob hyn a hyn gan ddyheu am weld dy osgo neu glywed ôl dy draed.'

Teimlodd rhyw gosi. Roedd briw ar ei fawd a chrawn wedi caledu'n grwstyn melyn amdano. Gwelodd forgrugyn bychan yn gwyllt-gyfeirio o amgylch ei friw. Yn ddifeddwl, gwasgodd hwnnw rhwng bys a bawd nes bod ei gorff bychan yn chwilfriw.

Sadiodd. Fflachiodd delweddau o flaen ei lygaid. Gwelodd fachlud haul uwch Drwyn y Morgrug a'r sêr yn goleuo Bryn yr Eryr. Gwelodd gragen a'i phatrwm yn rhyfeddol. Clywodd alaw a'i swynodd hyd at ddagrau. Teimlodd law yn cyffwrdd yn ysgafn â'i foch. Estynnodd i'w sgrepan. Llamodd ei galon pan sylweddolodd fod honno mor wag â cheubwll.

Agorodd hi'n lletach a'i throi wyneb i waered. Cwympodd un darn arian ohoni, ei wyneb wedi pylu'n llwyd di-liw. Fferrodd. Daeth cryndod drosto a barodd iddo dynnu'i fantell yn dynnach amdano. Sylwodd ar ddarn o edau rydd, ei lliw fel aur. Wrth iddo'i thynnu, cordeddai geiriau ei fam amdano, ei stori'n datod.

Edrychodd Gwri o'i amgylch a gweld coeden lwyfen yn

cynnig ei changhennau iddo'n swil. Chwiliodd am y gangen fwyaf praff a'i thorri. Tynnodd ei rhisgl a dechrau ei phlygu'n araf. Gwnaeth hyn bob diwrnod am flwyddyn gyfan nes bod y gangen wedi'i siapio'n fwa. Drannoeth i droad y flwyddyn, casglodd dusw o blanhigion cywarch a'u gadael i sychu am bedwar tymor. Yna, tynnodd y coesyn bregus o bob planhigyn gan gasglu twmpath o'r canol gwydn oedd iddynt. Plethodd y rhain at ei gilydd i greu un cortyn tenau. Clymodd hwn am ei fwa. Gweithiodd saeth hyd ei fraich o un o frigau'r onnen. Naddodd hi'n ofalus fel ei bod yn sythach a llyfnach na'r un saeth a weithiwyd erioed. Casglodd swp o blu duon, eu torri'n unffurf, a chan ddefnyddio sudd clychau'r gog, eu gludo'n ddestlus at gynffon y saeth i'w llywio'n gywrain at ei tharged. Cymerodd y darn arian llwyd, di-liw oedd yn ei sgrepan a'i drin nes ei fod yn finiog fel dant arth. Gosododd hwn ar flaen ei saeth. Gadawodd i law'r gwanwyn ei hystwytho, i haul yr haf ei chrimpio, i wyntoedd yr hydref ei noethi ac i'r gaeaf ei hymwroli. Tynnodd ar dant ei fwa a theimlo'i densiwn yn dynnach na chariad. Rhoes y saeth i bwyso ar ei ddwrn a'i gwylio'n canfod ei chydbwysedd. Roedd hi'n sythach na'r gorwel ac yn fwy sicr ei bwriad na thaith gwenynen. Tynnodd ei phlu am yn ôl a'u gollwng gan adael i bob barfan ganfod ei le.

Tarodd ei fwa dros ei ysgwydd a dodi'r saeth yn ei sgrepan. Ac yntau bellach wedi cryfhau, anelodd i gyfeiriad Trwyn y Morgrug. Croesodd y llannerch agored oedd rhwng y goedwig a'r codiad tir. Roedd y glaswellt ar ei dyfiant mwyaf ac yn cyrraedd at ei fogel. Glynai'r had at ei ddillad fel cen, fel nodau cân.

Llwyddai i dorri trwy'r môr gwyrdd hwn yn ddigon diffwdan. Wedi iddo fod yn cerdded am ryw ychydig, oedodd wrth weld pigyn yn sefyll yn uwch o beth tipyn na'r môr o wyrddni o'i amgylch. Denwyd Gwri tuag ato. Nesodd a gweld maen yn sefyll yno, ac er syndod sylwodd fod y twmpath o laswellt oedd yn ei amgylchynu wedi'i stablan yn wastad fel petai rhywun wedi glanio o'r entrychion, lladd gwair â'i bladur ac yna wedi codi eto i'r awyr. Neu efallai fod ysbryd wedi bod yno'n dawnsio o gylch y maen mawr. Edrychodd ar wyneb moel y garreg. Rhedodd ei fysedd ar hyd ei erwinder. Roedd yna rywbeth lled gyfarwydd am ei wneuthuriad caregog na allai Gwri ei lawn ddirnad. Gadawodd i'w fysedd grwydro dros y garreg. Synhwyrodd fod ei daeareg yn ceisio dweud rhywbeth wrtho. Craffodd arni'n ofalus a chredai iddo weld awgrym o batrwm neu lythrennau arni. Ceisiodd wthio'i ewinedd i'w chyfansoddiad er mwyn rhyddhau'r llythrennau ohoni. Ond, yn rhwystredig, arhosai hi'n hollol fud. Petai ond wedi archwilio'i hwyneb yn fanylach byddai wedi gweld y gair 'Brân' wedi'i engrafu yno gan y cyffyrddiad ysgafnaf posib, megis llyfiad gan dafod glöyn byw neu ôl traed morgrugyn wedi'i adael arni. Er hynny, glynu'n daer i'w daeareg wnaeth yr enw, megis anadliad, yn enw dan ewinedd.

Trodd a dechrau ar ei daith unwaith eto. Ymhen dim o dro, cyrhaeddodd at odre bryncyn Trwyn y Morgrug. Sylwodd ar lwybr dafad neu afr a dilyn hwnnw. Croesodd o graig i graig mewn ambell fan, ac wrth wneud teimlai ei gyhyrau'n tynnu'n anfodlon. Cymerodd hoe ac edrychodd yn ôl. Roedd eisoes wedi dringo at fan oedd gyfuwch â brigau uchaf y goedwig. Gwelai drywydd ei siwrne'n ymestyn yn gwt hir y tu ôl iddo. Gadawodd i'w lygaid grwydro. Gwelodd y maen hir a'r tyfiant wedi'i wastatáu o'i amgylch ar siâp wy. Ymdebygai i lygad mawr yn rhythu arno, y llygad tywyllaf un.

Bwriodd yn ei flaen. Gwelai Drwyn y Morgrug yn galw amdano, ond i'w gyrraedd roedd yn rhaid iddo ddringo talcen o graig. Llusgodd ei hun dros ei hymyl nes ei fod yn sefyll ar lecyn gwastad. Roedd derwen fawr ar y chwith a'i dail yn estyn cysgod braf dros ddarn eang o dir. Oddi yma roedd yn rhaid iddo fwrw am gopa Bryn yr Eryr. Roedd y tir dan droed yn wahanol erbyn hyn, yn rhostir digon cras a garw. Tyfiant byr oedd yma, a blodau'r grug yn orchudd ym mhob man. Roedd wyneb y tir yn fwy tyllog a Gwri'n canfod ei hun yn cael ei hyrddio o un cam i'r llall mewn ambell le. Roedd croesi'r rhan hon o'r daith yn anoddach ac yn brawf ar ei ddycnwch.

Bellach roedd hi'n dechrau tywyllu hefyd. Yr adeg hon o'r flwyddyn fe fyddai'r nos yn llithro dros y tir heb fawr o rybudd. Gollyngodd yr awel ei gafael ar oriau'r dydd. Cododd seren y gweithiwr uwch y rhos a sylwodd Gwri ar y lleuad yn ymddangos rhwng Crib yr Eira a Chrib yr Aur. Edrychodd arni a'i golau main yn rhoi gwawr borffor i'r tirlun. Tawelodd y byd. Cododd eos o'r rhos a dechrau seinio'i chân rhwng nos a nant. Swynwyd Gwri gan burdeb ei sain. Oedodd. Roedd ei chân yn syndod o agos. Clustfeiniodd a chyfeirio'i gam at ei halaw. Roedd rhyw reddf yn ei dynnu tuag ati. Canai hi â'i holl nerth. Goleuodd y nos â'i chân. Dringodd Gwri'r graig oedd rhwng y ddwy grib. Cyrhaeddodd gopa Bryn yr Eryr a chanfod maen yno, yr un maint â gorsedd. Roedd twll yn ei grombil. Un crwn, maint lled dwy law. Edrychodd trwyddo a gweld cymylau llwydion yn cleisio'r machlud. Croesodd un frân unig ar draws yr wybren, ei chrawc yn tynnu'r düwch i'w chanlyn. Eisteddodd Gwri ar yr orsedd garegog. Tawelodd yr eos a'i chennad. Daeth pwl o lesgedd drosto a dechreuodd bendwmpian. Cwympodd i gysgu gan freuddwydio. Gwelodd ei fam yn ei fynwesu a'i chlywed hi'n sibrwd rhywbeth wrtho am saith coeden ac edau aur ac am bwytho gobeithion. Yna gwelodd yr edau'n breuo a'i fam yn colli gafael arni ac yn cwympo'n ôl ac yn ôl nes ei bod yn diflannu o'i olwg.

Dydd Gwener, 13 Hydref 1808

Os yw'r nos yn siwrne hir

Cerddai Owain Myfyr ar hyd glannau Tafwys. Roedd tarth brwnt y ddinas wedi'i angori ar hyd wyneb y dŵr. Welai e fawr ddim ond clywai'r gwynt yn rhincian rhwng rigin y llongau. Yr un oedd eu sgwrs yn gyson a dechreuai flino ar eu cleber. Arhosai bob hyn a hyn a chael hyd i ryw bwt o gywydd o waith Dafydd ap Gwilym wedi'i fachu yng nghilfachau'i gof fel dyrnaid o wlân ar fieri. A than ei wynt rhannodd y geiriau â'r afon:

> Ni focsachaf o'm trafael
> Eithr hyn, ddyn uthr hael:
>
> Cynhesodd drwyddo.
>
> Taro'r fwyall gyfallwy
> Yn ochr y maen ni chair mwy.

Bu yma yn Llundain ers bron i ddeng mlynedd ar hugain ac roedd y ddinas wedi ymdreiddio i bob rhan o'i fodolaeth, ar wahân i'r llecynnau hynny lle câi ddiengyd o'i helbul a'r bardd mawr yn gwmni dychmygol iddo.

Roedd e wedi mynd yn hen ddyn yng nghwmni Tafwys a gwyddai fod eu teithiau'n prysur ddod i ben a'u haberoedd yn eu haros.

> Doethom hyd am y terfyn
> Ein dau. Ni wybu un dyn.

Roedd hi'n Hydref yma ger glan yr afon a gwyntoedd llym y gaeaf yn rhyw led-ddihuno. Fel hyn fyddai hi nawr am rai wythnosau, pob llanw'n dod â'i dywydd a hwnnw'n dweud bod y gaeaf yn agosáu.

Ar draws un yr ymdrois i
Er morwyn i'r mieri.

Tynnai at ddiwedd y prynhawn, a'r man rhwng dau olau'n hel ei oriau tua'r gorwel. Fe fyddai'r llanw ar ei uchaf cyn bo hir a Thafwys yn ymestyn yn ddiog o lan i lan. Dôi hon yn ôl â'i dŵr bob dydd, ei mynd a'i dod fel anadlu. Dyna un o'r ychydig bethau y medrai Myfyr ddibynnu arno: llanw a thrai Tafwys. Doedd dim yn oriog am y moroedd a wthiai'r don o naill ben y dydd i'r llall. Er gwaethaf eu mynd a'u dod beunyddiol roedd yna deyrngarwch yn perthyn iddynt na châi mewn mannau eraill. Deuai'r afon â'i gwrec bob dydd a'i adael fel atgofion wrth i'r llanw droi'n drai.

Lluniwr pob deall uniawn
A llyfr cyfraith yr iaith iawn.

Dyn byr oedd Owain Myfyr a chanddo lond pen o wallt llwydwyn wedi'i gribo'n dynn am yn ôl. Gwisgai got winau a'i botymau lliw aur wedi'u cau am ei ganol. Roedd brethyn ei godrau yn estyn at ei figyrnau. Cot oedd hi wedi'i gwneud i barhau. Roedd ei draed bach wedi'u gwthio'n dwt i bâr o 'sgidiau du, da a'u lledr yn sgleinio; lledr gorau Sbaen. Am ei wddf roedd wedi plethu sgarff, a'i ddwy law wedi'u plannu'n ddwfn ym mhocedi'r got. Stwcyn boliog a bodlonrwydd ei fyd wedi glynu'n floneg amdano. Roedd croen ei wyneb yn denau a'r gwythiennau'n llifo'n nentydd bychain i bob cyfeiriad, a'r ychydig dyfiant blewog o dan ei ên yn brawf iddo eillio dan olau cannwyll. Un myfyrgar oedd ef, a'i enw barddol yn gweddu i'r dim. Er hynny, roedd y degawdau o fywyd dinesig wedi'i ddysgu sut i addasu i'w dirlun a medrai newid i fod yn Owen Jones, y marsiandïwr llwyddiannus, ar amrantiad.

Safodd yno'n stond am rai eiliadau gan edrych o'i amgylch a gweld mor bell ydoedd o'i hen gartref yn Nyffryn Conwy.

Ni'th ladd mab mam, gam gymwyll
Ni'th lysg tân, ni'th lesga twyll.

Gwyliai wrth i oleuadau olew'r ddinas gael eu cynnau un wrth un hyd lannau'r afon gan daflu gwawr oren dros y niwlen oedd wedi ymgartrefu yno'n barhaus.

Trwy'r mwrllwch gwelodd un o longau'r Hudson's Bay Company, y *Princess Louise*, yn agosáu. Arni roedd cargo o grwyn afanc yr oedd Myfyr wedi bod yn disgwyl amdanynt, ac yntau wedi siarsio'r gweithwyr i fod yn barod i'w derbyn yn y Castell Coch. Roedd hi'n hwyr. Clywodd hi'n torri dŵr yr afon a hollti'r don amdani. Clywodd weiddi'r criw wrth i'r rheini ei llywio'n gelfydd i'w hangorfa. Trodd a dechrau'i hanelu hi am adref. Byddai gwaith rhai oriau yn ei ddisgwyl i ddadlwytho'r crwyn ac yna'u storio'n drefnus.

Wrth iddo droi, clywodd sŵn traed yn rhannu'i lwybr. Sŵn traed ysgafn ac ôl milltiroedd lawer dan eu gwadnau.

'Myfyr, aros amdanaf. Dywedodd dy wraig taw fan yma y byddet ti. Aros, mae gen i rywbeth i ti.'

Oedodd Myfyr ac yntau ar ganol cam. Rhwng sŵn y rigin, gweiddi'r criw, llais y bardd yn ei ben a sgyrsiau canrifoedd yn troelli amdano fel chwrligwgan, credai taw dychmygu'r geiriau yr oedd. Yna fe'u clywodd eto. Yn uwch ac yn gliriach. A theimlodd law yn gafael am ei ysgwydd chwith a'i thynnu'n hanner cylch.

Ni welodd berchennog y llaw, ac am eiliad collodd ei gyfeiriad. Yn ei ddryswch, teimlodd ddwy fraich yn gafael amdano a chladdodd ei drwyn mewn brethyn cot oedd yn drwm dan anadl llwydni. Arogl castell a hen lawysgrifau. Clywodd eu sawr yn cydio ynddo a'i hyrddio'n ôl wrth lan Alwen, yr haul yn olau yn ei wallt ac yntau'n rhedeg i freichiau ei dad wedi iddo ddychwelyd o hel diadell i'r mynydd. Hwnnw'n ei gofleidio ac yn ei godi i'r awyr.

'Myfyr, fe ddes i,' meddai llais yn ysgafn yn ei glust.

Wrth iddo deimlo'r arogl yn ei fygu, gwthiodd Owain ei hun o afael y breichiau a gydiai amdano. Gwyrodd ei ben am 'nôl a sylwi ar wyneb cyfarwydd o'i flaen.

'Ned,' dywedodd, gan adael i'r enw unsill hwnnw blymio i'r gwagle a rannai'r ddau oddi wrth ei gilydd bellach. Yna, wrth iddo ddechrau ailgynefino â'r byd o'i gwmpas, ychwanegodd, 'Gwell i mi estyn croeso i ti i Lundain a thithau wedi bod mor ddiarth gyhyd. Pa berwyl ddaeth â thi yma y tro hwn tybed, Iolo Morganwg? Cyfrol, cwmni neu bocad wag?'

'Fe ddes â pharsel i ti a hwnnw'n bochio â'r trysorau geiriol cyfoethocaf a fu yn hanes ein llenyddiaeth. Ffrwyth ymchwil y gwas mwyaf diwyd a diarbed o'i les ei hun a fu dan dy gyflogaeth. Ai hyn o ddiolch sy'n fy aros wrth lan Tafwys?'

Pesychodd Ned a chlywodd Owain sŵn ei ysgyfaint yn cwyno'n styfnig. Meiriolodd ryw ychydig. Ochneidiodd yn ddiamynedd braidd.

'Ned, mae gwaith yn fy aros i 'nôl yn y Castell Coch ac mae'n well i tithau gael rhyw fymryn i'w fwyta yn ôl dy olwg di. Mae angan stumog lawn i siarad busnas.'

'Gei di ddim o'th siomi'r tro hwn, Owain. Mae Hannah Jane wrthi'n paratoi rhyw bwt o ginio i mi. Lodes lân. Hi ddywedodd wrtha i y buaswn yn cael hyd i ti yma. Rwyt yn ffodus ohoni.'

Edrychodd Myfyr i fyw llygaid ei hen gyfaill. Teimlai fel petai Llundain gyfan yn wag, pob enaid byw wedi'i heglu hi a neb ond y nhw'u dau wrth lan yr afon. Trodd a gweld llong arall yn tynnu tuag at yr harbwr, ei hwyliau'n llipa wrth iddi ddod at ben ei thaith a'i llwybr trwy'r dŵr yn fud.

'Cymar ofal, mae'r hen ddinas hon wedi llyncu rhai llawer

garwach na thi. Paid ti mentro 'nghroesi i eto. Mae maddau'n ddiarth i ddyn sy'n dod at ddiwadd ei ddyddiau.'

Llyncodd Ned ei boer a cheisio dofi ei lygaid wrth iddynt fflachio o'r naill du i'r llall. Bu'n daith bell ac yn sydyn daeth holl ryferthwy sŵn y ddinas fel trobwll i'w glustiau. Fe'i byddarwyd. Caeodd ei lygaid. Teimlodd y ddinas yn ei feddiannu a'i thraw a'i thwrw'n cydio ym mhob asgwrn a genyn. Wynebodd Myfyr a chwydodd y sŵn o'i fogel fel storm.

'Mae gen i stori â'i geiriau wedi'u cordeddu amdanaf fel sarff, mae hi'n iau arnaf a'i chystrawen yn fy mwyta i'n fyw. Rwy'n ei chynnig i ti, Owain Myfyr. I ti, y crwynwr mwyaf cyfoethog ar dir Prydain. Ei bocedi bychain yn drwm gan aur ac arian a'i lyfrgell yn wag. Ddes i ddim yma i geisio dy faddeuant, nac i godi'r ceiniogau a gwymp o'th dramwy. Deuthum yma i ddiosg stori a'i gadael wrth dy draed fel un o'r crwyn llipa yna a gyrhaeddodd yn dy gargo drudfawr. Stori. Cymer hi'n stori i ti dy hun. A thrwyddi fe ddychwelwn.'

'A beth os na fynnaf dy stori ail-law, dy ddeud dychmygol? Beth os na fynnaf fasnachu ar ryw grwyniach ffug a minnau'n gwybod eu gwerth? Beth petawn i am ddeud fy stori fy hun?' poerodd Owain. 'Ni chroesaf Bont Waterloo o wybod mai dy ddwylo celwyddog di fu'n codi ei bwa uwch y don.'

Yn sydyn, ailgydiodd y ddinas yn ei sŵn beunyddiol a boddwyd ateb Ned rhwng cleber y rigin a phrysurdeb y mynd a dod diddiwedd o'u hamgylch. Trodd Owain ar ei gwt a heglodd hi am 148, Upper Thames Street yng nghysgod Eglwys yr All Hallows, a'r cartref roedden nhw'n ei alw'n Gastell Coch. Roedd ôl tymer yn ei gamau. Aeth Ned i'w ganlyn. Cymerai ofal i beidio â nesu'n ormodol rhag i wreichion camau bach Myfyr droi'n goelcerth.

Dydd Gwener, 13 Hydref 1808

I'w gadael yn gysgodion

Roedd Hannah Jane wrthi'n rhoi bwyd ar y ford – tato a chig a rhyw lun ar refi. Roedd hi wedi torri bara a'r tafelli hynny'n gorwedd fel cerrig Côr y Cewri ar blât pren. Daeth Owain Myfyr i mewn at ei wraig a Ned i'w ganlyn, yn gweryl trwy'r drws ac i'r parlwr.

'Fe ffeindioch chi eich gilydd, dwi'n gweld,' meddai gwraig y tŷ'n ddigon swta ac yn ei Saesneg meinaf.

'Roedd dy gyfarwyddiadau'n taro i'r fodfedd, Hannah Jane,' atebodd Ned yn fflyrt.

'Taw, Ned, wnei di! Fe gei di swpar yma ac yna mi fydd yn rhaid i ti fynd i chwilio am wely rhywla yn y ddinas,' cyfarthodd y crwynwr bach.

Yn twymo'r ystafell roedd tân braf, yn ddigon o dân i losgi Llundain yn ulw.

Roedd symud parhaus o fewn yr ystafell a hynny'n codi'r bendro ar Ned. Tra oedd Hannah Jane wrthi'n rhoi bwyd ar blât, âi Owain 'nôl a 'mlaen rhwng y parlwr a'r drws a arweiniai at risiau i'r gweithdy lle roedd ei weithwyr wrthi'n cadw'r crwyn a ddaeth o Ganada. Wrth iddo agor a chau'r drws clywid sŵn gweiddi'r gweithwyr yn chwythu i'r ystafell. Mewn crud pren roedd plentyn bach yn cysgu, gan wingo bob tro y byddai'r drws yn agor a chau. Wrth i Owain ei basio byddai'n taro rhyw olwg warcheidiol arno ac yngan mân gyfarchion. Ar y llaw arall, canai Hannah Jane gân ddigon amheus wrth y fechan am ferch yn gwerthu blodau yn ochrau Hacni. Eisteddai Ned wrth y lle tân yn gwylio'r cwbl â pharsel wedi'i lapio mewn brethyn llwyd yn ei arffed. Sylwodd fod gwraig y tŷ'n feichiog.

Daeth Myfyr 'nôl â chnu afanc dros ei ysgwydd.

'Sbia, Hannah Jane,' meddai gan wthio'r afanc dan ei thrwyn. 'Dyma i ti beth 'di moethustra.' Heliodd ei law trwy got y creadur fel petai hwnnw'n fyw ac yn dwlu cael ei fwytho. 'Bydd yna elw go dda yn y cargo hwn, dybiwn i.'

'Rhyfedd sut mae dyn yn cael ei swyno gan ychydig flewiach,' oedd sylw Ned wrth iddo ddechrau datod y llinyn am ei barsel. 'Ond dyna ni, mae blewiach yn fwy nag ychydig gysur i rai,' ychwanegodd yn sbeitlyd dan ei anadl.

'Mae'n beth da fod digon o lo ar y tân 'na er mwyn toddi caledwch dy eiria di. Cofia fod yna ddrws yn fan'na i'th hebrwng di 'nôl o ble daethost a chei fynd â'th stremp i'th ganlyn,' arthiodd Myfyr.

'Gwell i chi'ch dau ddod at y bwrdd cyn i chi fynd yng ngyddfau'ch gilydd,' gorchmynnodd Hannah Jane gan synhwyro bod sŵn tyrfau yn iaith ddieithr y ddau ŵr.

Cododd Ned yn ddigon sigledig, mynd â'i barsel gyda fe at y bwrdd a'i osod o dan ei draed.

Eisteddodd Myfyr gyferbyn a bwriodd y ddau ati i fwyta'u gwala heb rannu gair. Unwaith eto, ni chyffyrddodd Ned yn y cig ar ei blât, ac wrth sylwi ar hyn estynnodd Owain ei fraich dros y ford a chodi'r cig gwrthodedig i'w grafangau. Dihunwyd y babi gan sŵn eu sochian-fwyta. Aeth Hannah Jane i godi'r fechan a'i gosod ar ei hysgwydd, yna cododd hi uwch ei phen a dechrau dawnsio o gylch y parlwr nes lledodd gwên ei phlentyn dros ei hwyneb. Edrychai Owain Myfyr ar ei ferch mewn edmygedd a gwawriodd gwên ar ei wyneb yntau.

Menyw dda oedd Hannah Jane. Daethai i fywyd Myfyr yn ddichwedl ac yntau'n chwilio cwmni a rhywun i roi trefn ar ei deyrnas fach. Wedi iddi ddod ato i goginio'i fwyd a gwagio'i bot piso, dechreuodd ganu. Canai wrth baratoi swper ac wrth sgwrio crys, wrth osod tân ac wrth mofyn dŵr. Llenwodd ei gastell â chân o'r gegin i'r parlwr ac o'r parlwr i'r ystafell wely. Llenwodd y tŷ ag alawon a geiriau caneuon y dydd.

Canodd yr holl ffordd at galon yr hen Fyfyr, o'i galon i'r gwely, ac ymhen fawr o dro daeth â chwedl i'w chanlyn.

Synhwyrodd Ned fod yr awyrgylch yn tymheru a mentrodd godi sgwrs rhwng ambell gegaid.

'Mae'r un fach yr un ffunud â ti, gwyddost.'

Cegaid.

'A pham na ddylai fod?'

Cnoi.

'Dy dalcen di sydd 'da hi. Llygaid ei mam.'

Tafell.

'Wel, gobeithio mai'r un peth fydd gen ti i'w ddeud am y nesaf,' atebodd Owain yn swta.

Briwsion.

Rhythodd y ddau ar ei gilydd a'u llygaid mewn cytgord perffaith yn troi i edrych ar Hannah Jane yn gosod y fechan yn ôl yn y crud.

Crafiad. Sibrydiad.

'Mae yna fwy amdanat nag oeddwn i wedi'i feddwl,' mentrodd Ned.

Ochenaid.

Defnyddiodd Myfyr ei gyllell i sgubo'r briwsion oddi ar y bwrdd i'w law ac o'i law i'w geg.

'Paid ag anghofio hynny,' a saethodd Owain flaen y gyllell i bren y ford nes bod ei charn yn pendilio'n ddwl.

Mellten.

Cydiodd llygaid y ddau ŵr yn ei gilydd unwaith eto.

'Dy deulu? Pegi? Y plant? Sut maen nhw? Mae Tal yn ddyn ifanc erbyn hyn?'

Llynciad.

'Byw o'r llaw i'r genau. Byw ar ddim mwy na bara ac awyr iach o bryd i'w gilydd.'

Crwstyn.

'Petha'n galad arnach chi?'

Crafiad.

Cydwybod.

'Gwell hynny na gwenwyn Llundain. Tal wedi cymryd at offer ei dad. Mae... bu gen i fwriad i'w helpu i agor siop yn y Bont-faen a'i ddysgu i feistroli'i grefft.'

'Ydi o'n brysur?' gofynnodd Owain.

'Pawb yn marw, gwyddost. Pawb angen carreg a'i enw arni.'

Pesychiad. Crawc. Carthiad.

'Damia'r ddinas hon a'i thawch di-baid,' tagodd Ned.

Roedd ei ysgyfaint yn chwibanu. Tynnodd y gwydr glas o boced ei wasgod, ei agor a'i roi i'w geg. Drachtiodd ohono ac yna crychu'i wyneb wrth lyncu'i chwerwder. Yna cymerodd lwnc arall ohono.

Gosododd y botel fach â'r hylif cringoch 'nôl ym mhoced ei wasgod. Sylwodd Myfyr arno'n crafu'i ddwylo fel petai brech drostynt.

Teimlai Owain rywfaint o dosturi at ei gyfaill.

'Cymar ofal, Ned... ohonat dy hun.'

'Er dy fwyn di y deuthum i'r twll lle hwn. Edrych arna i o ddifri. Oes golwg dyn sydd eisiau bod yma arna i? Mae'r 'sgidiau yma wedi gweld dyddiau gwell ac ôl sawl taith rhy bell o lawer ynddynt.'

Pesychiad.

'Cael fy chwythu yma wnes i, gan fwrw'r nos mewn sguboriau neu adeiladau mas.'

Crawc. Poerad.

'Cael fy nghwrso gan gi gorffwyll yn ochrau Stratford a bron i mi golli 'mywyd mewn cotjhows yn Rhydychen wrth i mi ddweud y gwir wrthyn nhw am eu brenhiniaeth.'

Crafiad.

'Fe gartes y parsel melltith hwn ar 'y nghefn yr holl ffordd o Drefflemin i'th ford ginio, yn carco rhai o drysorau llenyddol ein tipyn cenedl rhag lladron a llygod mawr. Yma. Er dy fwyn di.'

Llynciad. Tuchan.

'Er dy fwyn di.'

Soniodd Ned ddim am ei noson yn Nhafarn y Bear yn Wantage

nac am rannu stori â'r gof. Soniodd e ddim chwaith am y garreg a bwysai yn ei boced. Cododd y parsel a'i osod ar ganol y ford. Gyda phlwc, datododd y cwlwm oedd yn dal y brethyn llwyd am ei gynnwys. Agorodd y brethyn gan ryddhau swp o lawysgrifau a'r geiriau'n ferw ar hyd wyneb y papur; roedd rhai cannoedd o dudalennau yno ac ysgrifen yn heintio'r ddwy ochr. Roedd yna stribedi hir o frawddegau wedi'u gosod driphlith draphlith. Twmpath o eiriau a'u hamlinelliad yn ddu fel brigau'r gaeaf.

Gadawodd Myfyr i'w lygaid loddesta ar y cefnfor hwn o lawysgrifen anghyson ei maint, ei lliw a'i hystyr. Ton ar ôl ton o eiriau'n morio a'r llawysgrifau'n chwalu ar hyd wyneb y ford. Cododd ar ei draed er mwyn astudio'r Gymraeg chwilboeth ar ambell ddalen, ond wrth i'r holl eiriau godi penysgafndod arno bu'n rhaid iddo eistedd. Tynnodd ddalen arall o ganol y mynydd o bapurach a'i gosod yn agos at ei drwyn er mwyn craffu ar bob cymal. Gwaith Gutun Owain oedd y cynnwys, wedi'i godi o lawysgrif o lyfrgell Paul Panton. Tarodd drem i gyfeiriad Ned wrth iddo geisio cymoni ychydig ar y papurau. Yna dychwelodd ei lygaid at y llawysgrifen. Yr eiliad nesaf agorodd y drws oedd yn arwain o'r parlwr i'r grisiau at y gweithdy. Ifan Crych, fforman ei weithwyr, oedd yno yn dod i ddweud bod crwyn y *Princess Louise* wedi'u dadlwytho a'u rhoi'n barod i'w trin yn y bore. Rhyw labwst o ddyn oedd hwnnw a'i wreiddiau'n ddwfn ym mhridd cochaf Ceredigion. Yno y claddodd ei foesau hefyd. Cochyn ydoedd, yn meddu ar y gwallt mwyaf anystywallt a welsai dyn erioed a llond ceg o ddannedd mawrion fel rhai ceffyl gwedd. Un sydyn ei leferydd a'r geiriau'n saethu mas o'i glopa fel bwledi. Ond cyn iddo gael cyfle i agor ei geg a dangos mawredd ei gilddannedd salw, dyma hwth o wynt hydrefol yn dod rhyngddo a Myfyr gan gipio gwaith Gutun Owain a'i anfon tuag at y tân agored. Glaniodd ar glapyn go fawr o lo a hwnnw'n eirias boeth. Llamodd Ned ac Owain at y fflamau i geisio achub y papur bregus, gan wthio ar draws ei gilydd. Ned gyrhaeddodd yno gyntaf gan afael am y papur wrth i'w ymylon grino a chrebachu. Dawnsiodd o amgylch y parlwr yn ceisio diffodd y fflam wrth iddi fwyta'r geiriau'n awchus. Tasgai gwreichion i bob man a bellach roedd Hannah Jane wedi deall y perygl a rhoddodd gic i Ifan Crych nes bod hwnnw'n bowndio'n bendramwnwgl yn ôl i lawr y grisiau. Caeodd hi'r drws yn glep ar ei ôl a throi i wylio Ned yn anwesu'r darn papur yn garcus. Roedd mwy na'i hanner wedi'i golli a'r gwaith wedi'i ddifetha.

'Pam ddes i i shwd uffern dân o le?' gofynnodd hwnnw, heb ddisgwyl ateb.

'Mi ddaethost am dy fod wedi cael dy dalu'n dda am ddod,' chwyrnodd Myfyr.

'Wel, dyna be oedd palafa,' meddai Hannah Jane wrth iddi hel platiau'r ddau oddi ar y bwrdd a'u cario i'r gegin. 'Mi allech chi fod wedi rhoi'r holl le 'ma ar dân yn wir. Neu losgi Llundain gyfan yn gols. Chi a'ch llawysgrifau. A minnau'n meddwl taw peth digon diniwed oedd llenyddiaeth. Mae'n debyg i mi gamddeall pethau. Gwell i fi fynd i weld sut mae Ifan druan ac yntau wedi cael ei hel o 'ma mor ddiseremoni. Dwi ddim isio gweld dim o'r papurach hyn ar hyd y lle pan ddo' i 'nôl, neu dim ond i un man y byddan nhw'n cael mynd.'

Casglodd Ned ei waith at ei gilydd a'i lapio'n ôl yn y brethyn ac yna cynigiodd y parsel i'w noddwr.

'Dyma ti, mae gwerth dwy flynedd o waith yn y swp hwn. Dwy flynedd o gerdded o blwyf i blwyf ym mhob tywydd, a chael fy ngwrthod am nad oedd gen i'r wên gywir ar fy wyneb, ac am nad oeddwn yn fodlon ymgreinio i ryw orchmynion penchwiban. Pymtheg awr y bûm ar fy eistedd ym Miwmares yn copïo gwaith y Prydydd Hir. Hir ar y diawl! Dwy flynedd o orfod dioddef sgyrsiau ffroenuchel tirfeddianwyr hunanbwysig, rhai nad oedd ganddynt y syniad lleiaf am y drysorfa o lenyddiaeth sydd yn eu meddiant. Ni fuasai 'run hid ganddynt petai'r swp hwn a phob swp arall o lawysgrifau'n llosgi'n wenfflam. Dyna pa mor fregus yw ein hiaith.'

'Mae'r ddau ohonom yn gytûn ar hynny, Ned.'

Aeth Ned i mofyn y darn papur a fu yn y tân. Gwelodd fod ôl ei lawysgrifen wedi diflannu lle gwnaeth y fflamau ei llyncu. Roedd ymylon y papur mor denau nes eu bod yn briwsioni fel dail crin.

'Oes rhywfaint ohono ar ôl?' gofynnodd Owain.

Trodd Ned y papur gan achosi i ddarnau ohono gwympo a throelli fel hadau'r sycamorwydden. Yna'n gwbl ddirybudd, taflodd y darn papur yn ôl i ganol y cols oedd yn mudlosgi wrth y pentan. Wrth i Myfyr godi oddi ar ei eistedd rhoddodd Ned ei law o'i flaen i'w atal a gwyliodd y ddau'r papur yn gwingo yn y gwres nes bod fflam yn codi i'w anwesu ac yna'i larpio. Crebachodd y fflam a diflannu.

'Gad iddo losgi. Dim ond geiriau oedd ynddo. Geiriau nad oes perchen arnynt. Geiriau'n unig ydynt heb stori i roi iddynt ystyr.'

'Un da fuost ti erioed am ddeud stori, Ned,' mentrodd ei gyfaill, gan ddal i syllu ar y marwydos oedd wedi dwyn ei eiriau oddi arno a'u hanfon yn darth drwy'r simne.

'Ffug yw ein storïau i gyd, Myfyr. Mae twyll a chelwydd yn gogri pob un ohonynt.'

'Ac mi ddylat ti wybod yn burion am hynny,' atebodd hwnnw, 'a thithau wedi bathu dy wirionedd dy hun a'i hel ata i yn un parsel c'lwyddog o gywyddau, chwedlau a diarhebion.'

'Gallaf gyfri am werth pob sillaf, pob gair a phob brawddeg a drosglwyddais i dy eiddo. Cefaist yr aur gorau o wythiennau ein llenyddiaeth a thalu'n ddigon symol amdano.'

'Roedd lliw dy aur yn rhy felyn ar adegau, Ned. Daeth Dafydd Ddu Eryri ata i a dweud ei fod yn gweld dy ôl yng ngwaith y bardd mawr. Gwelais innau dy gamau yno hefyd.'

'Fe wn i fwy am waith Dafydd ap Gwilym na'r ddau ohonoch wedi'ch rhwymo at eich gilydd. Medrwn dy dywys megis ci bach ar dennyn at yr union fannau lle cefais hyd i'w waith. Treuliais oes ar ei drywydd – yn mesur pob cam, gan ddeall gwerth pob sibrydiad o'i eiddo.'

Cwrddodd llygaid y ddau â'i gilydd ac yna cloi. Yn araf deg, tynnodd Owain ddarn papur o'i boced, arian papur â'r swm ugain gini wedi'i ysgrifennu'n gain arno a'r ymylon wedi'u haddurno â phatrymau unffurf swyddogol eu llun. Ni thynnodd y ddau eu llygaid oddi ar ei gilydd.

'Be 'di gwerth hwn?' gofynnodd Myfyr.

Trodd Ned ei lygaid i edrych ar y tipyn darn papur yn nwy law ei gyfaill. Ni roddodd ateb iddo.

'Cyflog blwyddyn? Parsal o lenyddiaeth? Cargo o grwyn?'

Oedodd.

'Cyfeillgarwch?' holodd Owain drachefn.

Plygodd y darn papur a'i saethu at ganol y marwydos gan achosi iddo lanio yn yr union fan lle bu geiriau Ned. Ac yn yr un modd cafodd ei gofleidio gan y gwres a'i droi'n fflam am eiliadau cyn diflannu.

'Gwerth dim byd efallai,' meddai eto.

Eisteddodd y ddau mewn mudandod o flaen y lle tân, gan wylio'r lliwiau coch, oren, glas a llwyd yn crynu ymysg ei gilydd. Tarfai ambell glec ar ddistawrwydd yr ystafell. Oddi tanynt roedd sŵn y gweithwyr i'w glywed wrth i Ifan Crych a'r gweddill ddal ati i roi trefn ar grwyn afancod, crwyn ceirw, crwyn eirth, crwyn morloi a chrwyn byfflo. Yn y gegin roedd Hannah Jane yn mwmian canu. Llwyddai cryndod lliwiau'r tân i greu cysgodion ar hyd waliau'r ystafell.

Cododd arth oddi ar ei heistedd a chroesi'n araf ar hyd wyneb y wal, ei chamau'n drwm; daeth morlo i'w dilyn yn llusgo'i hun cyn troi ar ei fol, yna dau afanc a'u cefnau'n grwm wrth dynnu boncyff i greu argae, a byfflo'n oedi i bori, pob un yn symud yn ddi-hid ymysg ei gilydd. Troesant o'r naill beth i'r llall ar wal y parlwr.

Anwesai'r gwres y ddau ddyn. Ned oedd y cyntaf i darfu ar yr heddwch.

'Er gwaetha'r twyll a'r celwydd sy'n eu heintio, mae ein storïau'n cynnig ystyr i bethau. Yn cynnig dechrau a diwedd i ni. Yn rhoi rhyw swcwr. Storïau ydym, y ddau ohonom. A storïau fyddwn ni wedi ein hamser ar y ddaear hon.'

Ni wnaeth Myfyr ateb am ychydig. Yn hytrach, trodd i edrych ar y cysgodion wrth iddynt lamu o fod yn ddwrgi i fod yn eog, yn dylluan ac yn garw, eu siapiau tywyll yn dawnsio o gylch yr ystafell.

'Fiw i ni golli'n stori, Ned.'

Wrth i dywyllwch y dydd gydio fwyfwy yn y waliau collodd y cysgodion eu ffurf. Yn sydyn, tasgodd clec o'r tân gan oleuo'r ystafell yn wyrddlas am rai eiliadau. Yn yr ennyd honno ymffurfiodd cysgod dau ddyn ar y wal a dechreusant symud yn araf ymysg yr anifeiliaid, eu hamlinelliad yn gain, eu cerddediad yn sicr. Croesasant wyneb y wal yn fud cyn diflannu, gan adael ôl coeden a'i brigau'n noeth ar eu hôl. Cwympodd ambell ddeilen i'r ddaear fel ehediad iâr fach yr haf a daeth yr aderyn lleiaf un yno i glwydo, ei gwt i'w weld yn glir rhwng y cysgodion aneglur.

'Dwi am i ti fynd â fi adra, Ned,' dywedodd Owain Myfyr yn dawel bach fel anadliad dryw, fel deigryn yn suddo i wead brethyn.

Nos Wener, 13 Hydref 1808

Brau yw'r iaith sy'n ei brethyn

Gwisgodd Myfyr ei got fawr gan gau pob botwm yn ei dro o'r gwaelod hyd at ei choler. Taflodd gip arno ef ei hun yn y drych. Gwelodd ddyn dros ei ganol oed yn edrych yn ôl arno'n chwilfrydig, ei dagell yn hongian yn drwm dan ei ên. Tynnodd ei law trwy'i wallt. Estynnodd am het a eisteddai fel cath ar gadair wrth ei ymyl. Tarodd honno ar ei ben a'i sythu. Am eiliad fe'i daliwyd rhwng yma a thraw a chlywodd lais yn galw arno. Llais menyw. Llais mam. Llais yn ei alw sha thre. Caeodd ei lygaid a thawodd y llais.

'Ned?' gwaeddodd. 'Ty'd i ni gael mynd i'r Crindy. Bydd yna groeso mawr i ti yno. Cei dynnu ar Gwilym Dawel. Fo a'i eiria. "Diddorol" 'di popeth ganddo. Glywaist ti air mwy llipa yn dy fyw, dwed? Gydith o fyth. Mae 'di mopio'r dyddia hyn efo rhyw bladras fawr sy'n honni'i bod yn mynd i feichiogi'n ddwyfol. Iasu, mae isio chwilio'i ben o. Diddorol o ddiawl. Ac mae 'na ŵr ifanc wedi dod atom o ochra'r Wyddgrug, Sion Wmffre. Un da ydi o, yn dallt petha, er braidd yn benboeth yn ei gwrw... diddorol. Ha!'

'Sdim mynedd 'da fi at gael cwmni'r Crindy. I beth af i yno a chael fy nrysu'n ddwl bost gan rai na wyddant y peth lleiaf am bethau pwysig ein dydd?'

'Ty'd, mae Glan-y-gors yn debyg o alw heno. Mi gewch chi'ch dau ymloddesta yn eich radicaliaeth tra 'mod i'n suddo amball ddiod fach.'

Roedd sgwrs â Glan-y-gors yn apelio at Ned a phenderfynodd

mai call fyddai ufuddhau i siars ei gyfaill. Tarodd ei got dros ei ysgwydd ac ymunodd ag e wrth y drws ffrynt.

Edrychodd hwnnw arno a gweld ôl taith bell ar ei ddillad. Gafaelodd mewn rhywbeth a edrychai ar yr olwg gyntaf yn debyg i hen frethyn lliw saffrwm oedd yn hongian gerllaw a'i dynnu dros ysgwyddau Ned. Pwysai'n drwm ar ei gorff eiddil.

'Mae'n noswaith ddigon milain,' dywedodd. 'Mi gadwith y ffaling hon ti rhag elfennau drygaf y ddinas.'

Edrychodd Ned ar ei lun yn y drych. Roedd lliw coch cynnes i'r ffaling, fel lliw rhwd. Byseddodd y fantell wlanen a gweld bod arwyneb y deunydd wedi ei ffeltio i'w alluogi i ddal dŵr. Teimlodd y gwlân yn dynn amdano. Roedd ffris yn addurno'r dilledyn fel petai blewiach anifail wedi'u rhoi hyd ei ymyl. Gwnâi iddo edrych fel bonheddwr. Clywodd lais yn sibrwd yn ei ben...

'Gwe Wyddelig o Ddulyn.'

Trodd Ned odre'r fantell a sylwi ar drwch y defnydd.

'Lliw dan gnawd llydan o gnu.'

Teimlodd drwch y ffaling a chlywodd arogl hen ganu arni. Cafodd gip ar ei lun yn y drych unwaith yn rhagor a chael ei ddal gan hynodrwydd y fantell ryfeddol hon. Cofleidiai'r defnydd ei gorff. Sibrydodd y llais...

'Gwe ar fardd o Gaerfyrddin

Gwedi gwau mewn gwead a gwin.'

'Ble ar y ddaear gest ti afael ar hon?' holodd gan fethu tynnu'i lygaid oddi ar gyfoeth y dilledyn.

'Rhyw farsiandïwr gynigiodd hi i mi rai blynyddoedd yn ôl bellach gan honni ei bod yn perthyn i fardd o ochra Wiclo oedd ar ei gythlwng ger porthladd Santiago. Talodd amdani drwy gynnig pàs i'r Gwyddel yn ôl i Gorc a'r hyn a fynnai o rỳm Jamaica. Fu hi erioed yn ddigon mawr amdana i o gylch fy nghanol, ond mae'n gweddu i'r dim amdanat ti. Ty'd, mae'n bryd i ni wynebu'r ddinas, a'r nos yn siwrna hir.'

Gwthiodd Myfyr ddwy goron i law Ned. Edrychodd hwnnw

arnynt am eiliad, eu hwynebau arian wedi llwydo a bawiach wedi crynhoi am wyneb y Brenin George. Poerodd arnynt a'u gwthio i boced o dan gnu ei ffaling.

Cododd Owain ei ffon gerdded a mentrodd y ddau mas at firi'r strydoedd.

Cerddasant yn dalog ar hyd Upper Thames Street. Roedd hi'n tynnu am ddeg o'r gloch, a'r rhan fwyaf o weithwyr y ddinas wedi bwrw am adref. Dechreuodd y ddau ddringo'r llwybr a gysylltai Dafwys â Cannon Street. Prin oedd y sgwrs rhyngddynt, ond roedd gwichian cyson brest Ned yn cyhoeddi'u dyfodiad ar hyd y lonydd culion. Er bod hon yn daith gyfarwydd i Myfyr, gwyddai fod yna rai oedd yn llawer mwy cyfarwydd â'r nos nag ef a chlywai siffrwd eu symudiadau yn dilyn pob cam o'u heiddo.

Cyraeddasant Cannon Street a gweld tyrfa fechan wedi crynhoi tu fas i'r tafarnau. Clywai'r ddau sŵn gweiddi a churo dwylo. Bonllefau. Chwerthin. Dal ana'l. Closiodd y ddau Gymro alltud at y rhialtwch. Ar gornel y stryd roedd golygfa a achosodd i Ned agor ei lygaid led y pen. Yno roedd dyn yn chwyrlïo fflam o dân o gylch ei ben, yn rhedeg y fflam ar hyd ei fraich noeth ac yna'n ei llyncu cyn poeri'r tân i'r awyr fel draig. Syllodd ar gampau'r dyn mewn syfrdandod llwyr.

'Tric yw'r cyfan, gwyddost – cast,' sibrydodd Myfyr yn ei glust. 'Dwi wedi'u gweld nhw yma droeon. Cadwa dy law ar y ddwy goron sydd gen ti yn dy bocad. Tra bod dy lygaid yn dilyn y fflam, mi fydd dwylo eraill yn estyn am dy gyfoeth. Mae'n beryg ei bod hi'n ferw o ladron yma.'

Wrth iddynt wthio'u ffordd yn eu blaenau, teimlodd Ned rywun yn gafael yn dynn yn ei law ac yn pallu ei rhyddhau. Trodd yn sydyn i weld yr hyn a dybiai oedd yn hen ladi wedi'i gwisgo o'i chorun i'w thraed mewn gwisg ddu a fêl dduach dros ei hwyneb. Er dued y fêl, gallai weld rhychau dyfnion ar ei chroen. Ceisiodd ryddhau ei law, ond dal i afael yn daer ynddi wnâi'r ladi.

'Hoffech chi wybod eich ffortiwn, syr?'

Gwyddai Ned o'r ychydig eiriau hynny taw Gwyddeles oedd hi, a holl bryder y pedwar cae wedi dryllio'i llais yn ddarnau. Ond pan edrychodd Ned ar y llaw fechan a afaelai amdano fel gelen gwelodd ei bod cyn llyfned â phapur.

'Hanner swllt o'ch arian ac fe gewch wybod hynt eich yfory. Da neu ddrwg, cewch y gwir gen i.'

Daliai Ned i syllu arni heb allu dweud yr un gair.

'Dewch o'na. Does bosib fod dyn sy'n gwisgo mantell Cú Chulainn ei hun yn ddigon dewr i wynebu'i ddyfodol?'

Erbyn hyn roedd Owain wedi dod yn ôl i chwilio am ei gydymaith. Safodd wrth ei ochr.

'Faint roi di am wybod dy rawd, Ned? Neu ai gwell gadael pob diwrnod i'w ddrwg ei hun?'

'Ddoe sydd yn wae i mi, nid tradwy na thrennydd.'

'Mae ddoe wedi bod. I beth awn i boeni am lanast hwnnw?'

Ni allai Ned dyngu iddo straffaglu i gael ei law yn rhydd o afael y Wyddeles, ac ni chofiai droi oddi wrthi a hithau'n dal ei ddyfodol yn gyfrinach. Ni allai dyngu llw iddi ddweud rhywbeth wrtho am farw Cú Chulainn ac yntau wedi clymu'i hun wrth faen sefyll, neu am gigfran a laniodd ar ei ysgwydd. Ni chofiai ei gweld yn diflannu yn rhuthr gwyllt y dorf a'i geiriau'n cwympo'n geiniogau y tu ôl iddi. Ni wyddai a ddigwyddodd hyn neu beidio.

Ond cofiodd estyn am y llythyr a losgai'n fflam yn ei boced. Byseddodd ei wirionedd a theimlo'i edifeirwch yn ei dagu.

'Pa ddoe a fynni di, Owain? Yr un fyddwn ni'n ei fatryd ar ddiwedd dydd a'i adael yn llesg wrth erchwyn gwely, neu'r un sy'n mynnu glynu atom yn anghyffyrddus fel celwydd, fel arogl tân mawn?'

Yn y pellter sylwodd Ned ar jyglwr yn cynnal pedair cyllell yn yr awyr a'u cadw i droi'n un cylch miniog. Gwelodd ei hun yn glir yn 'sgidiau'r diddanwr stryd, yn troelli'i berthynas ag Owain, â Phegi ei wraig, â Catrin a chyda Rhys Goch ap Rhicert. Syllodd yn foddhaus ar ei allu i'w cadw nhw yno'n gylch trawiadol. Ond yna gwelodd ei hun yn simsanu a'i afael yn dechrau llithro. Baglodd… Tarfwyd ar ei drem wrth i Myfyr dynnu'n egr ar ei lawes.

'Ty'd. Ni allwn wadu ddoe, dim ond ei esgusodi.'

Symudodd y ddau drwy'r tyrfaoedd oedd yn gweu ar hyd y stryd. Fe'u denwyd at y rhai oedd yn sefyll tu allan i'r George and Dragon. Roedd yna weiddi a churo dwylo mawr yno. Mentrodd y ddau'n nes. Agorodd y dorf yn ei hanner gan amlygu dyn tal, tenau yn gwisgo het uchel a phluen binc yn codi ohoni. Gwisgai grys sidan du a throwsus pen-glin gyda gwregys coch llydan am ei ganol. Wrth nesu ato gwelodd Ned fod ganddo fwstás tenau du yn troi'n fwa at ymyl ei ên a chraith oedd yn ymlwybro o'i dalcen heibio'i drwyn ac at ei glust. Roedd e'n ddyn o bryd tywyll a chanddo acen ddieithr. Sylwodd Ned ar ei fysedd hir, meinion a modrwyon aur arnynt.

'Gyfeillion,' gwenodd wrth weld y ddau Gymro'n closio. 'Croeso cynhesa i chwi. Gwyliwch.'

Tynnodd facyn coch o'i boced ac yna un glas, un gwyrdd ac un porffor. Tynnodd hwy at ei gilydd gan symud ei fysedd hirion ar hyd y defnydd. Sythodd y tusw o hancesi ac yna chwifiodd hwy uwch ei ben. Unwaith. Ddwywaith. Deirgwaith. Yna'n sydyn fe blyciodd hwy'n galed i gyfeiriad ei fogel. Wrth i'r dorf gael eu swyno gan y lliwiau'n chwyrlïo, hudodd yr hancesi'n un darn o ddefnydd sgwâr wedi'i rannu'n chwarteri coch, glas, gwyrdd a phorffor. Curodd y dorf eu dwylo. Gwthiodd y defnydd i'w boced gan adael dim ond cynffon yn y golwg. Dawnsiai ei fysedd modrwyog o flaen ei lygaid. Mewn ystum araf dangosodd ei gledrau gweigion i'r dorf. Tynnodd y ddwy gledr ar draws ei gilydd mewn symudiad llyfn. Gwnaeth hynny unwaith, ddwywaith ac yna, ar y trydydd tro, dyma bêl maint llygad tarw'n ymddangos yn ei law dde.

Anadlodd y dorf ei syndod. Fflachiodd llygaid y dyn rhyfeddol hwn. Daliodd sylw bob un o'r rhai a edrychai arno. Byseddodd y bêl yn ei law. Gwibiodd ei lygaid yn gynt ac yn gynt o wyneb y naill berson i'r llall a phawb wedi'u dal gan ei symudiadau. Yn sydyn, stopiodd ei ystumiau hypnotig a safodd yn stond, ei freichiau wedi'u sythu o'i flaen. Agorodd ei ddwrn de yn araf. Roedd e'n wag. Agorodd ei ddwrn chwith. Roedd e'n wag. Edrychodd ambell aelod o'r dorf ar ei gilydd mewn rhywfaint o benbleth. Tynnodd y dyn ei het a thwrio i mewn iddi. Gwthiodd ei thop trwy'i gwaelod. Roedd honno'n wag hefyd. Wrth ei gynffon tynnodd y sgwaryn o ddefnydd o'i boced a'i osod dros geg ei het. Gwthiodd y defnydd pedwar lliw yn ddwfn i grombil honno. Diflannodd. Gwthiodd y top trwy'r gwaelod unwaith yn rhagor a dangosodd ei het wag i'r gynulleidfa. Roedd hi'n ogof o wag. Doedd dim golwg o'r sgwaryn lliwgar. Daliodd hi o'i flaen. Cylchodd ei law o'i hamgylch. Er mwyn tawelu'r gynulleidfa, cododd ei fys at ganol ei wefusau. Yna'n araf, estynnodd ei law i'w het a thynnu colomen wen ohoni. Clwydodd honno'n glyd ar ei arddwrn nes i'r consuriwr ei thaflu i'r awyr ac i'w rhyddid.

Bonllefai'r dorf ei chymeradwyaeth. Ymgrymodd y dyn tal o'u blaenau unwaith, ddwywaith a theirgwaith.

Yna'n osgeiddig trodd ac estyn am ford fechan betryal a'i gosod o'i flaen. Ar honno rhoddodd un, dau, tri chwpan arian, pob un a'i ben i lawr. Trodd bob un yn ei dro a'u dangos i'r dorf. Roeddynt cyn waced â chneuen gou. Gosododd hwy yn ôl ar y ford ben i waered. Symudodd y cwpanau ar draws ei gilydd gan weu siapiau ar y ford fechan. Trodd hwy unwaith eto. Roedd y cyntaf yn wag. Roedd yr ail yn wag. Roedd y trydydd yn… Rowliodd pelen goch allan o'r trydydd a glanio'n dwt ar ganol y ford.

Edrychodd ar ei gynulleidfa. Crwydrodd ei lygaid o'r naill wyneb i'r llall. Lledrithiwyd y dorf gan ei symudiadau. Yna clapiodd ei ddwylo uwch ei ben a phwyntio'i fys cyntaf hir i gyfeiriad Ned.

Trodd pawb mewn cytgord ac edrych ar wrthrych y bys hir.

'A, fonheddwr!' meddai'r dewin wrth edrych yn syth ato. 'Tybed a alla i ofyn i chi fy nghynorthwyo gyda'r cast nesa?'

'Paid â mynd yn agos ato,' siarsiodd Myfyr, 'does dim tryst ar ei gyfyl.'

Ni ddangosodd Ned ei fod wedi clywed yr un o eiriau'i gyfaill a pharhaodd i syllu i fyw llygaid y dewin tal.

Ceisiodd Myfyr dynnu Ned oddi yno unwaith eto.

'Er mwyn Duw, ty'd i ni gael 'madael â'r lle 'ma a bwrw am glydwch y Crindy.'

Pesychodd y dewin esgus o besychiad gan dorri ar draws sgwrs y ddau. Tawelodd y dorf.

'Gyfeillion,' meddai gan droi i annerch ei gynulleidfa, 'mae dau ddiarth yma. Dau â'u hiaith o wlad arall. Ai Negroaid ydynt o gyfandir mawr yr Affrig? Digon prin. Maent yn wynnach na phot piso'r Brenin George. Ai gwŷr Denmarc ydynt tybed? Digon prin ychwaith. Rhy fyr ydynt i berthyn i'r parthau hynny. Rhai o dras Iddewig efallai? Na, mae arna i ofn nad oes digon o raen ar eu gwisg i fod yn un o'r rheini.'

Eto, crafodd ei ben mewn ystum ffug ac yna cododd ei fys yn fuddugoliaethus.

'Fe wn i,' dywedodd gan fesur pob sill, 'ein cymdogion bach cyfeillgar ydi'r rhain. Hil nad oes iddi yr un nodwedd o werth na sylwedd. Eu hiaith mor gwbl ddiddefnydd â choc mewn lleiandy.'

Achosodd hyn chwa o chwerthin.

'Arhoswch, rhai o genedl fechan ydynt a'i chymhlethdodau'n dynnach na chagle ar gedor gwrach.'

Achosodd hyn fwy fyth o chwerthin ymysg y dyrfa, a phawb yn troi i edrych ar Ned yn ei ffaling frethyn ac ar Owain Myfyr wrth i hwnnw gamu'n anghyffyrddus yn yr unfan.

Roedd y dyn gwneud triciau ar gefn ei geffyl erbyn hyn ac yn gweithio'i gynulleidfa'n gelfydd. Cerddodd gam neu ddau yn nes atynt. Synhwyrai'r ddau Gymro fod y dorf bellach wedi'u hamgylchynu ac na fyddai modd iddynt ddianc hyd yn oed petaent yn dymuno.

'A welsoch chi'r fath wynebau cathod benthyg yn eich bywydau?' holodd y dyn yn sarhaus. 'Edrychwch arnynt o ddifri calon. Dau diafael ydynt. A welsoch chi rai mwy llipa yn eich bywydau? Mor ddiafael â gweflau cont hwren.'

Chwarddodd y dyrfa'n gôr a symudodd y rheini oedd agosaf at y ddau yn bellach i ffwrdd gan greu maes cad amlwg iawn rhwng y consuriwr a'i brae.

'Croeso!' Ac yna oedodd cyn ynganu'r geiriau nesaf, '… i'r ddau Gymro bach,' moesymgrymodd y dyn gwneud triciau'n watwarus. Yna trodd at ei gynulleidfa a dweud, 'Dau leidr, dybiwn i yn ôl eu golwg. Synnwn i damed nad oes peth o'ch eiddo chi yn eu pocedi'n barod. Gwyliwch nhw. Dônt yma'n dreigladau i gyd a chredu'u bod nhw'n rhywun. Yn mynd â'ch swyddi ac yn mynnu gwthio'u canu caeth lawr eich corn gyddfau a hwnnw'n gytseiniaid i gyd.'

Dechreuodd ambell un fŵio a thaflodd eraill reg neu ddwy go filain i gyfeiriad y condemniedig.

'Ffecyrs!'

'Sache o gachu!'

'Blinga'r ddau gnychwr defaid.'

'Wel, ddynion, mae'n debyg fod y dorf yn mynnu bod un ohonoch chi'n gwirfoddoli i'm cynorthwyo. Ga i ofyn i hwnnw gamu yn ei flaen?'

Teimlai Ned don o ddicter yn ymchwyddo trwy'i gorff. Tynnodd ei anadl yn ddwfn o ryw fan rhwng ei lengig a'i goluddion, tyniad fel dyn yn estyn am y nodyn pruddaf un o grombil organ geg. Dyna'r nodyn feddiannodd Ned. Nodyn a grynodd bob genyn o'i eiddo. Teimlodd ei sain yn rasio trwy'i gylchrediad gwaed fel cyffur, ei gemeg yn carlamu trwy'i gorff, yn ffrwydro y tu mewn iddo. Clywodd haearn y cyffion am ei draed yn hollti ac yn rhyddhau, y ddaear yn dirgrynu.

Camodd yn ei flaen. Crafodd y llain o groen hwnnw oedd rhwng ei fawd a'i fys cyntaf.

Yr eiliad honno sibrydodd Myfyr yng nghlust ei gydymaith, 'Yn y llygaid mae'r twyll, Ned. Gwylia di ei lygaid o.'

Taflodd Ned y ffaling yn ôl dros ei ysgwyddau. Agorodd a chaeodd ei ddwylo a'u cael cyn ystwythed â brwynen.

'Mae eich croeso diffuant yn cyffwrdd â chalon dyn.'

'Dim ond y croeso ry'ch chi'n ei haeddu, fonheddwr,' poerodd y dyn castiau.

'A pha dwyll sydd gennych ar ein cyfer heno?' holodd y Cymro.

'Twyll? Twyll? Mae'n ddrwg gennyf eich siomi, Gymro bach, ond daethoch i'r lle anghywir i geisio twyll.'

Wrth iddo siarad, torchodd lewys ei grys gan ddangos nad oedd dim wedi'i gelu rhwng y defnydd a'i groen noeth.

'Hud yw fy musnes i. Crefft hynafol a hynod anrhydeddus.'

Rowliodd ei fawd ar draws wyneb ei fysedd. Caeodd hwy'n ddwrn. Agorodd hwy'n araf deg a datgelu pêl goch arall yn eistedd yn dwt yng nghledr ei law. Taflodd hi at Ned. Ceisiodd hwnnw ei dal ond cwympodd rhwng ei ddwylo gan godi chwerthin ymysg y dyrfa.

'Hud. Dwylo a delwedd yn symud yn gynt nag y gall yr un llygad ei weld. Efallai taw twyll yw dy bethau di, fonheddwr bychan, ond dewiniaeth sydd ar waith yma. Heno, fe gei di fod yn rhan o'r sioe. Braint. Mwy na hynny, fe rof gyfle i ti a'th gyd-deithiwr ddwyn fy ffortiwn yn ôl i Gymru. Yr unig beth sydd angen i ti ei wneud ydi dilyn y bêl.'

Taflodd bêl goch i'r awyr a'i dal ym mhoced ei drowsus melfaréd. Yr eiliad nesaf tynnodd un arall o'r tu ôl i'w glust a'i dal o flaen ei wyneb.

'I ennill fy arian i gyd, yr unig beth sydd angen i ti ei wneud yw dilyn y bêl.'

Tawelodd y dorf. Cododd un o'r cwpanau arian oddi ar y ford. Yr un canol. Gosododd y bêl goch ynddo. Caeodd ei law am geg y cwpan a'i ysgwyd. Roedd sŵn y bêl i'w glywed yn bownsio oddi ar yr ymylon.

'O, anghofiais ddweud wrthyt, os nad wyt ti'n canfod y bêl, yna mae coron o dy arian di yn dod i fy mhoced i.'

Ysgydwodd y cwpan unwaith eto. Ddaeth dim sŵn ohono. Edrychodd i fyw llygaid Ned a gwenu. Gweflodd y gair 'dewiniaeth' a gosod y cwpan yn ôl rhwng y ddau gwpan arall.

'Dewis di, Gymro.'

Syllodd hwnnw ar y cwpanau. Roedd popeth yn awgrymu bod y bêl yn gorwedd yn ddiniwed o dan y cwpan canol. Ond gwyddai fod rhyw gast ar waith yma.

'Dere'r Taffi,' gwaeddodd un o ganol y dorf.

Camodd Ned yn ei flaen a throi'r cwpan canol ben i waered. Doedd dim oddi tano ond twyll.

Gafaelodd y dyn gwneud triciau yn y cwpan ar y dde a'i godi. Dim. Cododd y cwpan arall. Dim. Edrychodd ar Ned. Crechwenodd.

Aeth Ned i'w boced a thynnu coron i'w rhoi iddo. Dododd hi ar y ford. Gosododd y dyn triciau gwpan drosti. Cododd y cwpan drachefn a gwelodd y dorf fod y darn arian wedi diflannu. Gwenodd y dyn ar y bonheddwr bach yn ei ffaling foethus.

Aeth Ned i'w boced unwaith yn rhagor a thynnu coron arall mas. Dododd hi ar ben y cwpan canol oedd yn eistedd ben i waered ar y ford fach, ac meddai,

'Mae hon i ennill fy nghoron i yn ôl a dwy goron o dy eiddo di i'w chanlyn.'

Tynnodd y dyn castiau dair coron arian o boced ei wasgod a'u rhoi un wrth un ar ben y goron unig arall oedd yno. Symudodd hwy oddi ar y cwpan a'u rhoi ar ymyl y ford.

Yn bwyllog, gosododd y tri chwpan ben i lawr mewn rhes a phob un yr un pellter oddi wrth ei gilydd. Un wrth un, cododd y tri a dangos i'r gynulleidfa nad oedd dim oddi tanynt. Estynnodd am y darnau arian a gosod un goron ar ben pob un cwpan. Yna, dododd y goron oedd dros ben ar ei fawd a'i saethu i'r awyr. Troellodd honno dan olau gwan y lleuad. Trodd pob llygad i'w gwylio. Wrth iddi gwympo, neidiodd Ned amdani a'i dal yn ei law dde cyn i'r consuriwr gael gafael arni. Caeodd ei ddwrn amdani. Daliodd hi yno am eiliad. Bwriodd gipolwg at y dyn triciau. Chwythodd ar ei ddwrn cyn ei agor i ddatgelu pêl fach goch.

Roedd y dorf yn fudan. Dechreuodd rhyw fwmial dorri ar eu mudandod. Edrychodd y ddau ddyn ar ei gilydd. Sylwodd Ned ar ddefnyn o chwys uwch gwefus y dyn gwneud castiau. Gwenodd. Gwyliodd y defnyn yn ymlwybro'n araf heibio'i geg gam a thros ei ên. Edrychodd y ddau ar ei gilydd eto, eu llygaid yn sownd. Llygaid tywyll oedd gan y dyn gwneud castiau, a dyfnder pwll y meirw iddynt. Llygaid glas oedd rhai Ned, a thirlun ei febyd y tu ôl iddynt. Estynnodd am ei botel fechan. Heb dynnu'i lygaid oddi ar y consuriwr, tynnodd y corcyn bychan o'i cheg a gosod ei gwddf i'w wefusau. Drachtiodd gan godi'i ben am 'nôl. Dychwelodd hi i'w boced.

Croesodd Owain o flaen ei gyfaill a thynnu sofren o boced ei wasgod, ei haur fel heulwen yn ei law. Gosododd hi ar y bwrdd.

Taflodd Ned y bêl at y dyn gwneud castiau. Daliodd hwnnw hi yn yr awyr. Casglodd y consuriwr y coronau at ei gilydd a'u rhoi i sefyll yn bentwr ar ben ei gilydd o flaen y cwpanau. Cododd y sofren a'i rhoi rhwng ei ddannedd cyn ei hychwanegu hi at y tŵr o goronau. Dangosodd y bêl i'r gynulleidfa gan ei dal rhwng bys a bawd. Ceisiodd adennill ei hyder drwy ailgydio yn ei berfformiad. Llaciodd ei lewys i ddangos nad oedd dim yn celu ynddynt. Tynnodd ei het a'i chwifio uwch ei ben. Er ei holl ymdrech, roedd murmur yn lledu trwy'r dorf a'u llygaid wedi'u hoelio ar y Cymro llymrig.

Sibrydodd Ned wrth Owain, 'Cofia fod angen hyder i dwyllo.'

Gosododd y consuriwr y bêl fechan goch o dan y cwpan canol. Newidiodd le'r cwpan canol â'r cwpan ar y dde ac yna â'r cwpan ar y chwith. Trwcodd y cwpan ar y chwith â'r cwpan ar y dde ac yna â'r cwpan canol. Gyda'i ddwy law, gafaelodd am y cwpanau ar y dde a'r chwith a cheisio newid eu lle. Ond baglodd a throdd y ddau gwpan wyneb i waered gan ddatgelu nad oedd dim o dan y naill na'r llall.

Gwenodd Ned arno a dweud,

'Datgelaist y cwbl wrth ddatgelu dim.'

Dechreuodd ambell un yn y dyrfa chwerthin. Gwaeddodd un, 'Consuriwr ceiniog a dime yw hwn.'

Ac yna un arall,

'Wy'n gallu gweld trwy hwn fel ffenest wydr yr All Hallows.'

Camodd Ned yn ei flaen. Cododd y ddau gwpan ar eu hochrau a'u rhoi mewn llinell syth gyda'r cwpan arall.

Cododd y cwpan canol, cydiodd yn y bêl goch a'i dangos i'r gynulleidfa. Dododd y cwpan yn ôl dros ei phen. Symudodd y cwpanau o'r naill le i'r llall gan gadw'i lygaid wedi'u hoelio ar y consuriwr.

'Dy dro di, gyfaill,' dywedodd Ned o'r diwedd.

Crechwenodd y dyn gwneud castiau. Camodd at y bwrdd a phendroni uwch y cwpanau. Oedodd. Gosododd ei fys ar y cwpan ar y dde, ac yna ar y cwpan chwith. Sylwodd Ned ar y tatŵ oedd wedi colli'i lun ar gefn ei law. Y croen wedi crychu a'r llinellau wedi llifo'n un â'i gilydd. Ai calon oedd e? Neu aderyn o ryw fath efallai. Cododd y dyn ei fys o'r cwpan chwith a'i roi ar y cwpan canol. Roedd cryndod i'w weld yn ei law. Gan gadw'i fys ar ben y cwpan, edrychodd ar ei elyn.

'Hwn,' dywedodd wedi'r holl bendroni.

'Ti'n siŵr, gyfaill, ti ddim eisiau newid dy feddwl?' gofynnodd Ned iddo â gwên ar ei wyneb.

'Wyt ti'n ceisio 'nhwyllo i?' atebodd y consuriwr.

Chwarddodd ambell un wrth glywed hyn.

Cododd Ned y cwpan canol. Disgwyliai pawb weld dim yno. Disgwyliai Myfyr weld dim yno.

Cododd e fry i ddangos pêl fach goch yn celu oddi tano. Ochneidiodd y dorf. Lledodd murmur o sŵn drwyddi eto. Caeodd Myfyr ei lygaid mewn anghrediniaeth. Siglodd ei ben mewn siom. Lledodd gwên y dyn gwneud triciau. Sychodd y chwys oddi ar ei wefus.

'Nawr pwy ydi'r consuriwr ceiniog a dime?' meddai yntau'n faleisus.

Gwenodd Ned, a heb dynnu'i lygaid oddi arno cododd y cwpan ar y dde a'r cwpan ar y chwith. Roedd sofren aur a thair coron o dan un a morgrugyn bychan wedi'i wneud o haearn mewn ystum hanner cam o dan y llall.

'Cadwa dy bêl, gyfaill.'

Pocedodd Ned y darnau coron a throellodd y sofren aur rhwng ei fysedd nes iddi ddiflannu. Trodd ar ei sawdl. Agorodd y dorf a gadael i'r ddau Gymro barhau ar eu taith. Wrth iddynt ymadael, manteisiodd ambell un ar y cyfle i siglo llaw Ned neu ei daro'n fuddugoliaethus ar ei gefn.

Nos Wener, 13 Hydref 1808

Mor ddienw â muriau'r ddinas

Er nad oedd ond tafliad carreg o Cannon Street, erbyn iddynt gyrraedd y Crindy roedd y ddau'n chwys botsh ac yn chwythu fel dwy hwch wasod. Gwthiodd Myfyr y drws yn dalog a chael ei groesawu gan goedwig o fwg. Am eiliad ni allai gynefino â'r ystafell. Roedd golau gwan y lampau olew yn llwyddo i ddwysáu'r cymylau gwenwynig. Dilynodd Ned e fel ci bach swil. Rhyw lond dwrn o bobl oedd yno a'r rhan fwyaf ohonynt yn wynebau cyfarwydd iawn i Owain: Dafydd Wyllt, Huw Tegid, Sion Wmffre, Dafydd Môn a Twm y Bardd Cloff. Doedd Gwilym Dawel ddim wedi cyrraedd yno eto, na Jac Glan-y-gors. Esgorodd eu presenoldeb ar ambell gyfarchiad digon annymunol. Anwybyddodd y ddau eu sbeng. Wedi buddugoliaeth Ned dros y dyn gwneud triciau roedd Myfyr yn ei hwyliau gorau a llam glaslanc yn ei ddwy droed.

Roedd y dafarn wedi'i threfnu'n gyfres o guddyglau neu flychau lle medrai rhyw chwech, yn dibynnu ar eu maint, rannu diod a dadl ar feinciau oedd yn debyg i gorau capel. Moel oedd y waliau, gyda sgyrsiau'r hwyr wedi'u taenu'n haenen o gôl-tar trioglyd ar eu hyd. Bob hyn a hyn, poerai tân yn wgus at y cwmni a glosiai tuag ato.

Yng nghanol yr ystafell roedd bord fawr gron gyda chwech o gadeiriau rhydd yn ei hamgylchynu. Roedd un o'r cadeiriau hynny'n esmwythach na'r gweddill a chefn lledr gwinau iddi, a'r un lledr yn addurno'i breichiau. Roedd hi hefyd yn lletach ac yn fwy hael ei lle na'r cadeiriau eraill. Hon oedd cadair Owain Myfyr. Gwthiodd ei ffordd drwy'r llen o fwg ac i'w orsedd. Amneidiodd ar berchennog y dafarn. Roedd y Crin yn disgwyl ei gyfarchiad.

Galwodd am ddiod – cwrw tywyll – i'r cwmni i gyd. Daeth Ned i ymuno ag e. Estynnodd am gadair o far y dafarn a'i gosod hi i'r chwith o'r gadair fawr. Roedd saith ohonynt o amgylch y ford.

Cyrchodd y Crin eu diodydd iddynt mewn llestri piwter. Un tolciog a'i geg yn gam a roddwyd i Ned. Drachtiodd y ddau i dorri'u syched.

Aeth Myfyr ati i adrodd hanes Ned yn cael y gorau ar y dyn gwneud triciau. Eisteddai'r buddugwr yno heb ddweud yr un gair a'i lygaid bywiog yn symud o'r naill wyneb i'r llall. Gwrandawodd arno a'i fersiwn ffeithiol gywir, di-fflach o'r stori. Torrwyd pob cymal gan chwerthiniad herciog ac roedd ei stori mor gymalog â choes iâr. Nawr ac yn y man, cymerodd Ned y botel fach o'i boced a gadael i ddiferyn neu ddau o'i chynnwys gwympo ar ei dafod. Dechreuai flino ar glywed llais Myfyr a phorthi gorfrwdfrydig ei gynulleidfa. Gofynnwyd iddo egluro sut y bu iddo greu o ddim ei ddawn i dwyllo'i wrthwynebydd ond siglo'i ben yn styfnig a wnaeth.

Daeth y Crin atynt heb iddo gael ei gymell, â jwg yn ei law, gan ail-lenwi eu llestri â chwrw tywyll. Un gwargrwm oedd ef a'i drwyn yn anelu am y ddaear wrth iddo gerdded. Roedd yr hyn o wallt oedd ganddo wedi'i gribo am 'nôl ac wedi'i seimio'n glwt am ei ben. Oherwydd crymder ei war, edrychai fel petai ganddo freichiau hirach na'r cyffredin. Ond mewn gwirionedd, nid felly roedd pethau. Petai'n llwyddo i sythu byddai'n debyg ei wedd i bawb arall. Un digon distadl oedd e; nid geiriau oedd ei bethau ac fe'u defnyddiai cyn lleied â phosib. Fe'i bedyddiwyd yn Grin gan rywun rywdro a glynodd yr enw hwnnw iddo'n dynnach na'r gwallt seimllyd ar ei gorun. Nid gweddus iddo bellach ei enw iawn – Evan Roberts, a fagwyd ar dyddyn mynyddig yng nghanol gerwinder Eryri gyda dim ond y Gymraeg ar ei dafod. Ifan oedd e i'w deulu a'i gydnabod bryd hynny, a neb yn tynnu sylw at ei gorff anystwyth. Y mynyddoedd oedd ei bethau ac er gwaethaf ei anabledd medrai ganfod ei ffordd ar hyd eu llwybrau fel gafr wyllt.

Roedd e'n un o naw o blant a'r tir yn ei lymdra yn methu cynnal bywydau'r cwbl. Oherwydd ei gyflwr, Ifan oedd y cyntaf i adael y mynyddoedd. Ac yntau ond yn un ar bymtheg, dilynodd lwybr y porthmyn a chanfod ei hun yn Llundain. Trodd o'r tir garw heb hyd yn oed edrych yn ôl. Ni fu ddoe'n rhan o'i gynneddf. Gollyngodd ei orffennol mor rhwydd ag yr oedd brwynen yn diosg ei phlu. Un oedd ef a ddaeth i'r fuchedd hon i oroesi.

Bu'n gweithio i deulu o werthwyr pysgod yn Billinsgate am bron i ddeng mlynedd. Arferai godi am hanner awr wedi tri bob bore er mwyn bod wrth ei waith erbyn pedwar. Taff oedd e i bawb yn Billinsgate, ac yn gyfnewid am ddeng mlynedd o'i fywyd fe ddysgwyd ef gan y gwragedd i regi'r rhegfeydd mwyaf aflednais y gellid eu dychmygu. Yn y diwedd ni allai ddioddef eu hiaith gwrs ddim mwy a chafodd waith fel porthor cwrw yn cludo bareli porter i dafarnau'r ddinas.

Daeth i'w hadnabod yn dda. Gwyddai am ei hawelon a'i lonydd di-droi'n-ôl – y llwybrau hynny lle câi eneidiau eu masnachu. Gwyddai am y mannau lle roedd y gwadnau tenau'n troedio, eu hwynebau tlawd wedi treulio'n ddim a'u perchnogion yn symud yn ddistaw, ddigyfrif ar hyd y ddinas. Dysgodd eu hiaith a'u hidiom a dysgodd sut i gasáu gyda gwên ar ei wyneb a chyllell yn ei boced. Dysgodd sut roedd anghofio, i droi'i drem i'r ochr draw. Yn fwy na dim, dysgodd sut i fod yn gysgod, namyn yr anadl ysgafnaf. Bu'n byw'n gynnil yn ystod ei gyfnod yno a chasglodd ddigon ynghyd i sicrhau benthyciad i brynu'r Bull's Head yn Walbrook. Treiglodd yr enw'n Crindy yn y Gymraeg ac yno y darganfu lais newydd. Medrai gadw sgwrs petai rhaid, gan wybod mai pethau byrhoedlog oeddynt heb unrhyw werth ond yr hyn a ddeuai i'w boced ar ddiwedd nos.

Ni wyddai neb sut na pham y daeth i'r union le hwn. Fe'i chwythwyd yno fel deilen ac Ifan ei hun wedi hen golli gafael ar y rhesymau pam. Ni wyddai sut roedd hiraethu rhagor. Os nad oedd yn gartref, Llundain oedd ei gynefin bellach. Roedd e wedi mynd yn rhan fechan, ddienw o dirwedd y ddinas. Y Crindy oedd ei fyd ac yma roedd ei Gymru. Dros y blynyddoedd cyrchai'r Cymry i'r lle fel dŵr nant yn canfod afon.

Edrychodd yn dawel ar y criw dethol. Adwaenai bob un ohonynt. Rhai digon brith oeddynt ond roeddynt yn gwsmeriaid da. Myfyr oedd y mwyaf hoffus, er ei fod yn gallu colli'i limpin o bryd i'w gilydd. Un didwyll oedd ef, a thalwr da. Doedd e ddim yn un o'r rhai a doddai'n wêr o sentiment dagreuol wedi i'r cwrw gael gafael arno. Roedd Ned gyda fe heno, wedi dod ar grwydr o Gymru debyg iawn. Fe fyddai'n siŵr o danio yma nes 'mlaen. Un digon cecrus oedd Ned, ac un oriog ydoedd hefyd. Un peryglus. Fflam o ddyn. Doedd gan y Crin fawr i'w ddweud wrtho, ond gwyddai fod eraill yn ffoli ar ei huodledd a'i arabedd rhyfeddol.

Agorodd y drws a throdd pawb i weld pwy oedd yno. Wynebau anghyfarwydd oedd i'r ddau a ddaeth i mewn ac aethant i eistedd mewn cuddygl ar eu pennau'u hunain. Aeth y Crin â chwrw iddynt gan adael y jwg o'u blaenau ar y ford. Roedd yr hyn o barabl a rannent yn brawf taw Llundeinwyr o'r iawn ryw oeddynt. Ceisiodd y Crin glustfeinio ar eu sgwrs ond roeddynt yn ddarbodus iawn gyda geiriau. Sylwodd fod gan y ddau ddiddordeb yn nhrafodaeth y Cymry a bod eu llygaid yn symud o'r naill siaradwr i'r llall. Yfent eu diodydd yn araf ond gan ddrachtio'n ddwfn ar dreigladau a chytseiniaid anghyfarwydd y Gymraeg; eu llygaid yn nodi pob cyffyrddiad, pob amnaid, pob ysgydwad llaw neu gyfnewid dwylo.

Synhwyrai'r Crin ryw drydan yn cydio yn yr ystafell. Teimlai ei awch yn hydreiddio trwy'i gorff. Blasai ei haearn ar ei dafod, blas carreg – y blas hwnnw sydd wrth i law taranau gwrdd â gwres palmant.

Tawodd Myfyr. Eisteddodd 'nôl yn ei gadair fawr gyda gwên foddhaus ar ei wyneb wrth i'r cwrw tywyll lacio'r clymau a gydiai amdano.

Edrychai'r cwmni ar ei gilydd gydag ambell ystum ymholgar, fel petaent yn ansicr a oedd Owain wedi dod at ddiwedd ei stori. Nid fe oedd y mwyaf ystwyth na difyr ei dafod. Ond gwnâi cynnwys ei waled yn iawn am yr anallu hwn, ac annoeth fyddai i neb dorri ar ei draws. Gan synhwyro bod y lôn yn glir, mentrodd Dafydd Wyllt holi,

'A pha berwyl drwg sy'n dy ddenu di i'r ddinas, Ned?'

'Ffaelu goddef bod heb eich cwmni chi, gyfeillion,' atebodd hwnnw a gwên ddireidus yn lledu dros ei wyneb.

'Ffaelu goddef bod heb gyffur y ddinas, dybiwn i,' ymatebodd Dafydd.

'Mae i bawb ei gyffur, frawd, boed hwnnw'n grefyddol neu'n gnawdol. Neu fel arall, wrth gwrs.'

Roedd yr ymgiprys geiriol hwn wrth fodd Myfyr ac eisteddai yno megis cath fawr dew yn canu grwndi wrth i'r cwmni dynnu ar ei gilydd.

'Da gweld dy fod wedi cael cot newydd. Tybed a barith hon yn fwy na'r deugain mlynedd y gwnaeth y llall dy gadw rhag yr elfennau?'

'Un Savile Row yw hi, Iolo? Neu hen frethyn dy nain?'

'Fuodd 'na erioed Nain gen i, mae'n dda 'da fi ddweud. Ond dyna ni'r Bardd Cloff, nid gwead y got sy'n cyfri ond y deunydd sydd oddi mewn iddi.'

'Ew, da rŵan, Ned.' Ceisiodd Huw Tegid feirioli rhywfaint ar y sgwrs. Bwriodd drem ar Myfyr a'i gael yn syllu i ryw le tu hwnt i'r gwmnïaeth hon.

'Mae'n dda dy weld di a thithau'n edrych gystled. Mwy fel y Iolo Morganwg y mae dyn yn ei ddisgwyl. Clywais dy fod wedi ymweld â llyfrgell y Bonwr Paul Panton yn ddiweddar. Dwed wrthym sut hwyl gefaist yno. Rwy'n siŵr y byddai'n dda gan Myfyr gael cownt ar sut mae ei fuddsoddiad yn dwyn ffrwyth.'

Wrth iddo orffen ei gwestiwn daliodd lygaid Myfyr, oedd bellach wedi dychwelyd at y cwmni. Ni chafodd ddim ond dirmyg ynddynt.

Pesychodd Ned yn galed a'i sŵn yn gras fel crawc brân.

Parhaodd ei beswch am gyfnod anghyffyrddus o hir. O'r diwedd, wedi llwnc o'r botel fach wydr, tawelodd.

'Bûm yn y diawl lle a chael hyn o haint am fy nhrafferth.'

'Ai dim ond heintiau sy'n addurno llyfrgell Panton? Onid yno y gwnaeth Lewis Morris ganfod llawysgrif Llannerch ac amlygu gweithiau Tysilio? Mi gymerodd Fonwysyn i wneud peth felly, gwyddost, a chdithau, Ned, yn dal i freuddwydio am ganfod gweithiau mawr ein gorffennol llenyddol,' heriodd Dafydd Môn.

Fflachiodd llygaid Ned yn ei ben. Ni allai ymatal.

'Gad i mi dy oleuo di, gyfaill. Nid oedd ond celwydd, twyll a gwag fost yn dal Lewis Morris ynghyd fel hanesydd. Ceisiai wyrdroi popeth i gydweddu â'i ddychmygion diymbwyll ei hun. Dychmygai gelwyddau. Da y dywed yr hen ddihareb: gwir a ddaw yn wir, a chelwydd a ddaw'n gelwydd.

'Ceintachwr da oedd ef ac nid da ar ddim arall. Pwy a fedr ddangos chwe llinell o iaith bur nag yn Gymraeg nag yn Saesneg o'i waith? Ac am ei farddoniaeth, pwy a ddengys dri pheth o'i waith a dalant eu cipio o'r tân neu o law gŵr yn mynd i'r cachdy?'

Cododd ei ddiod a llyncodd yr hyn oedd yn weddill ohoni. Ond ni fynnai Dafydd Môn adael i'r musgrellyn hwn gael y gorau arno.

'A gwyddom, wrth reswm, am dy berthynas ddilychwin di â'r gwirionedd a didwylledd.'

Croesodd y Crin ar draws eu sgwrs gyda jwg piwter yn ei law. Llenwodd eu llestri.

Edrychodd Ned ar Myfyr ac yna trodd i wynebu ei gyhuddwr.

'Chymera i'r un wers gan Fonwysyn am wirionedd a chywirdeb. Rhannaf bennill â thi o diroedd Morganwg a thybiaf taw da fyddai iti ei ddysgu:

Gwir a ddywed yr hen ddryw
Yn chwedleua pwyll â'i chyw:
Nac ymddiried mewn peth nid yw.

'Ni fu o'm tu gelwydd na thwyll onid oedd cyn ysgafned â chaniad eos. Mynnaf y bydd gwerth arhosol i'r hyn a gasglaf yn enw Myfyr, yn ots i'r hyn a ddyrchefir o gyfeiriad dy gyn-gyd-ynyswr. Oni bai bod gwybodaeth o'u hiaith, eu barddoniaeth, eu hynafiaeth ac o bob peth arall yn isel dros ben ymhlith y gwybodusaf o'r Cymry, buan fel us o flaen y gwynt yr aiff clod Lewis Morris i ddyfnderoedd angof. Ond nid hawdd dwyn neb oddi ar ei eilun, ac eilun crachfeirdd a chrachieithyddion Cymru yw Lewis Morris.'

Rhyfeddai Owain at allu ei gyfaill i raffu geiriau'n un stribed sbeitlyd. Nid oedd neb yn debyg i Ned am ei dweud hi. A gwyddai, er gwaetha'r ffaith bod pawb yn ei rybuddio am ei ddichell a'i dwyll, na allai ond cael ei swyno'n gorn gan y dyn hwn. Cyffur ydoedd. Gwyliodd ef yn cyfareddu'r cwmni – yr haeriadau carlamus, yr honiadau enllibus a'r storïau'n gweu ymysg ei gilydd fel na allai'r un gwrandawr wybod ai gau ynteu gwir oedd y geiriau.

Holodd un ohonynt Ned am ei daith arfaethedig i America. Esboniodd fod ganddo waith pwysicach i'w wneud yr ochr hon i'r Iwerydd a soniodd am ei fwriad i agor ffatri gwneud pensiliau a fyddai'n ennill ffortiwn iddo. Atgoffodd hwy am lwyddiant yr eisteddfod yng Nghymru a sut y bu i'w ymdrechion ef yn uwch na neb arall gyfrannu at y don o frwdfrydedd oedd yn ei chylch. Pregethodd am gynnal Cymreictod 'nôl yng Nghymru yn hytrach na 'gwreiddio iaith mewn cors ddinesig'.

Daeth Gwilym Dawel trwy ddrws y dafarn a siglo llaw â'r diddanwr eiddil. Ymunodd â'r cylch ond un dywedwst iawn ydoedd a threuliodd y rhan fwyaf o'r noson yn syllu ar ei draed, heblaw am yr achlysuron hynny pan anelodd ei drem at Ned am eiliad fer ac yna troi oddi wrtho. Aeth y Crin ati unwaith eto i lenwi'u llestri a gosod potel o frandi ar y bwrdd. Llaciodd hyn fwy ar dafod Ned.

'Y bobl nid y brenin. Edrych di ar y tlodi sy'n ein llarpio. A ble mae ein ceiniogau prin ni'n mynd ond i gynnal rhyw frenhiniaeth gachlyd nad oes iddi namyn dim cysylltiad â'r werin bobl? Mae Thomas Paine wedi'i deall hi. Mae'n rhaid i ni ymroi at yr un chwyldro yn ein gwlad ni. Chwyldro Cymreig sy'n mynnu'n hannibyniaeth ac yn rhoi cyfle i ni sefydlu'n gweriniaeth ein hunain. Liberté, égalité, fraternité. Pob dyn a phob dynes yw ein hanes ni. Nid hanes coronau a gorseddau. Mae'n gwbl anfoesol bod caethwasiaeth yn porthi cyfoeth y diwydianwyr mawr. Mae eiddo'n lladrad. A'r lleidr mwyaf yn ein plith yw George y Trydydd. Awn yno heno â thân ein hawen i losgi'i balas i'r llawr. Gwreichionyn bach o dân a losgws Lundain. Yn yr un modd gall ein gwreichionyn ni droi Cymru'n wenfflam. Yno mae'r chwyldro'n ein disgwyl.'

Safodd y Cymry'n un ar eu traed a chodi'u gwydrau'n llwncdestun meddw i ddatganiad Ned.

'Cariad, cyfiawnder a gwirionedd,' bloeddiodd Ned nerth esgyrn ei ben.

A bloeddiodd y Cymry yr un geiriau yn ôl ato, er nad oedd gonestrwydd yn perthyn i floedd yr un ohonynt.

Llowciodd yr wyth eu diod a dechreuodd Dafydd Wyllt ganu:

'A gaf fi fynd arnoch chi, fy morwyn ffeind i?

Cewch, os dewiswch O! syr, meddai hi.

Beth os cawn ni fabi, fy morwyn ffeind i?

Mi wn sut i'w fagu O! syr, meddai hi.'

Dechreuodd y criw fwrw'u gwydrau piwter ar bren y bwrdd i dôn yr alaw ac ymuno yn y penillion anllad oedd yn dilyn. Gwyliodd Owain Myfyr ei gyfeillion yn morio canu a Ned yn eu canol yr un mor groyw. Gwyliai'r Crin Myfyr yn gwylio'i gyfeillion. Dyna fantais bod yn sobr mewn lle fel hyn: roedd dyn yn cael cip ar yr eiliadau hynny nad oedd eraill yn gallu'u gweld na'u cofio. Gwelodd fod gobaith yn llygaid yr hen grwynwr na welsai o'r blaen – y gobaith dall hwnnw nad oedd modd ei fasnachu. Daliodd y ddau drem ei gilydd a'u llygaid wedi'u hoelio'n un. Rhedodd deigryn neu ddau ar hyd wyneb y masnachwr crwyn ac yntau wedi dychwelyd i Dyddyn Tudur.

Wrth i'w geiriau dawelu, agorwyd y drws a daeth gŵr tal, pryd tywyll i mewn.

'Cariad, cyfiawnder a gwirionedd,' meddai wrth gyfarch y cwmni.

'Jac, jawch, mae'n dda dy weld di.' Neidiodd Ned ar ei draed a chofleidio'i gyfaill yn frwd.

'Wedi dod yma i danio'r chwyldro wyt ti?' holodd Jac. 'Mae sŵn eich bwriadau i'w clywed o Beckham i Baddington.'

Gwrthodai'r sain 'b' lifo o'i leferydd ac roedd hynny'n dwysáu'r pwyslais ar annoethineb eu datganiadau tafodrydd.

'Nid fan hyn fydd y chwyldro, achan. Mae gormod o Ogleddwyr yma i hynny ddigwydd. Fyddai'r deudneudwyr ddim yn gwybod y gwahaniaeth rhwng chwyldro a dawns Cadi Ha'. Heblaw amdanat ti, wrth gwrs. Wyt ti wedi llwyddo i ffromi Ginshop Jones yn ddiweddar? Damo, dere i ti roi m'bach o ddoethineb i'r drafodaeth,' mynnodd Ned, gan estyn am gadair er mwyn i'w gyfaill gael eistedd nesaf ato.

Wrth i'r cwmni symud er mwyn gwneud lle i Jac, cwympodd Sion Wmffre'n ôl yn ei gadair nes ei fod ar ei hyd ar lawr, gan dynnu rhai diodydd i'w ganlyn.

'Gweld dy fod wedi rhoi ychydig o gwrw yn dy farilau, Crin, yn lle'r hylif o ddŵr Tafwys sydd ynddynt fel arfer,' gwaeddodd Jac ar ei gyfaill o dafarnwr. Tasgodd y gair 'Tafwys' o'i geg, er iddo grynu yng nghyhyrau'i ên cyn gwneud.

Curodd y cwmni'r ford â'u potiau piwter a gweiddi bonllefau aflafar. Roedd Jac yn ffefryn ganddynt a'i ddweud, er yn atal i gyd, yn finiocach na gwydr. Straffaglodd Sion Wmffre i'w draed a chodi'i gadair er mwyn ymuno â'r cwmni swnllyd.

'Diawl, a minnau 'di galw'r Senedd y tŷ mwya llygredig a halogedig yn y wlad.' Oedodd. Tawelodd y cwmni. Edrychodd Jac o'i gwmpas. 'Petawn i ond wedi dod i'r lle hwn yn gynta!'

Gwaeddodd ambell un ei brotest yn chwareus.

Aeth Myfyr ati i ddweud hanes y consuriwr a sut y bu i Ned ei dwyllo. Gwrandawai Jac yn astud ac wedi iddo orffen dywedodd,

'Wel, Owen Jones, nid dyna'r tro cynta i Iolo ddod i Lundain a thwyllo rhyw drueinyn a mynd â'i arian i gyd.'

Ffrwydrodd y cwmni'n danchwa o chwerthin a churo bord. Doedd dim cwmni gwell na Jac er gwaethaf y ffaith bod pob un yno'n gwybod nad oedd dihangfa rhag ei dafod miniog.

Roedd y criw yn eu dyblau wrth i Glan-y-gors fynd trwy'i bethau, ac yntau'n dal ei gynulleidfa yng nghledr ei law. Dyma Glan-y-gors ar gefn ei geffyl. Roedd sôn mai fe oedd yn cadw'r tŷ tafarn gorau ar ochr ddeheuol yr afon ac yr âi pobl yno nid oherwydd ei gwrw na'i groeso ond oherwydd ei allu i dynnu blewyn o drwyn. Llifodd ei sgwrs geciog.

'Dwi'n clywed bod yr hen George wedi bod yn siarad am oriau eto nes bod ewyn gwyn yn dod o'i geg o – dwi ddim yn dallt be 'di'r holl ffys. Mae gwragedd Llanfrothen yn gwneud hynny drwy'r adeg.

'Na, chwara teg rŵan, mae 'na sôn ei fod o wedi colli'i bwyll yn llwyr, yn cyfarth fel ci ac yn bwyta'i ginio o fowlen oddi ar y llawr – ond dyna ni, mi allai fod yn waeth arno; mi allai gredu mai fo 'di Ginshop Jones!

'Glywoch chi am Dic Sion Dafydd yn mynd adra ganol gaea, a'i fam yn dweud wrtho ei bod hi'n iasol? Ac yntau'n ateb, "Ychydig bach yn bacward, ella, ond 'dach chi ddim yn 'asol', Mam." Na, Ginshop Jones ydi hwnnw. Peth peryglus yw 'chydig o Saesnag.

'Dic Sion Dafydd 'di bod yn powdro'i ben. Bob tro bydd yn tisian mae fel cwymp eira ym Mwlch yr Oerddrws. Pan ddaeth o i Lundain gynta roedd o'n credu mai enw fferm oedd "pantylŵn" – lle roedd Ginshop Jones yn byw. Siŵr i chi!

'Na, o ddifri 'ŵan, dwi 'di gneud cam â'r cyfaill Ginshop Jones pan alwais o'n gythraul diegwyddor ac anghristnogol. Anghofiais y gair "maleisus".'

Trodd Jac finiogrwydd ei dafod at Gwilym Dawel.

'Dwed wrthym, Gwil, sut mae dy gywydd i'r Hu Gadarn yn dod yn ei flaen? Wyt ti wedi canfod ei fan cadarnaf eto? Neu ydy'r lodes ’na sy gen ti, y Sowthgoten, wedi llwyddo i gael ei dwylo am ei gadarn fan a’i fwytho?’

Er i’r cwmni ei herio a’i bwnio’n chwareus ar ei ysgwydd, cadwodd Gwil ei lygaid ar ei draed.

Nid oes cyfrif i Jac gyflwyno hyn i gyd mewn un llifeiriant, neu ai dweud ei ddweud wnaeth e rhwng sgyrsiau eraill. Ond ei lais ef a gofiwyd wedi’r noson honno a’i idiom herciog, ddeifiol ef a lynodd at ddillad y cwmni fel cacamwci – yn union fel arogl tybaco a chwrw.

Er iddo deimlo’r gic am y twyllo, edmygai Ned huodledd ac arabedd ei gyfaill. Suddodd Jac ddiod o borter tywyll ar ei dalcen cyn taro’r potyn piwter ar y ford a sychu’i weflau â’i lawes. Yn yr eiliad dawel a ddilynodd, bachodd Ned ar ei gyfle; cododd ei ddiod a chynnig llwncdestun,

‘Megis yn Glan-y-gors y mae pawb yn marw, felly hefyd yn Ginnico Jones y bywheir pawb.’

Llyncodd y cwmni eu diodydd ac, un wrth un, atseiniwyd enw Ginnico Jones wedi i’r potiau wacáu.

Tarfwyd ar eu rhialtwch diniwed wrth i’r ddau ddieithr godi oddi ar eu heistedd a gadael y dafarn. Wrth iddynt wneud, cadwodd y ddau eu trem yn dynn ar gampau’r Cymry. Sylwodd y Crin arnynt yn croesi heibio’r bar yn gwisgo dillad digon di-nod. Cot fawr oedd wedi gweld dyddiau gwell a sgarff olau yn gled i gyd. Roedd llaid y strydoedd yn addurno’u trowsusau. Gwisgai’r ddau gapiau fflat gyda’r pig wedi’i dynnu’n gam dros y talcen. Er hynny, roedd ’sgidiau trymion am draed y ddau a’u lledr yn loyw fel lleuad lawn. ’Sgidiau sowldiwrs. Cyn agor y drws, tynnodd y ddau fenig duon o’u pocedi, eu lledr yn sgleinio, a’u gwisgo’n dynn am eu dwylo. Wrth iddynt wneud, sylwodd y Crin ar y llythrennau ‘D I A L’ a ‘G R Y M’ wedi’u tatŵio’n fygythiol o ddwfn ar gefn bysedd naill law a’r llall y ddau ohonynt.

A hithau wedi hen droi’n oriau mân y bore, gafaelodd y Crin mewn pastwn a bwrw’r bar ag ef er mwyn hel pawb i’w gwelyau.

Yn ddigon anfoddog, dechreuodd y Cymry wahanu. Cofleidiai Ned a Glan-y-gors ei gilydd tra bod Sion Wmffre'n dal i wagio'i ddiod. Cododd Owain Myfyr ac aeth i setlo am y diodydd gyda'r Crin.

Cymerodd y Crin ei ddarnau arian a'u taro i'w logell. Ni chyfrodd hwy. Oedodd Myfyr am ennyd wrth y bar.

'Noson ddifyr?' mentrodd y Crin er mwyn torri ar letchwithdod eu tawelwch.

'Noson i'w chofio,' atebodd hwnnw, heb ryw argyhoeddiad mawr yn ei lais. Simsanai'r crwynwr bach gan syllu y tu hwnt i'r Crin at fan nad oedd dechrau na diwedd iddo.

'Gwell i ti fynd adre,' awgrymodd y Crin.

'Adra? Do, mi ddaeth hi'n amsar i mi fynd adra… Ia, adra amdani.' Gwenodd.

Gafaelodd yn llaw'r Crin â'i ddwy law. Edrychodd o'i gwmpas ac yna i lygaid ei gyfaill. Gollyngodd law'r tafarnwr. Trodd. Cerddodd yn lled herciog tuag at ddrws y dafarn. Oedodd. Trodd.

'Ti'n iawn, Crin, mae'n bryd i mi droi am adra o'r diwadd. Mynd yn ôl. Mae 'na rywun yn disgwyl amdana i.'

'Yn disgwyl sŵn dy esgid? Yn disgwyl dy draed ysgafn? Dos adre.'

Edrychodd y crwynwr ar ei 'sgidiau, eu lledr yn feddal o ddrud. Lledr gorau Sbaen yn glyd am ei draed. 'Sgidiau a wnaed i adael eu hôl. 'Sgidiau mynd am dro, symud 'mlaen. 'Sgidiau'r lonydd gwastad, nid 'sgidiau diengyd. Nodiodd ei ben, troi at y Crin a chodi'i law.

Camodd dros drothwy'r dafarn. Synhwyrai'r Crin fod rhywbeth wedi'i adael heb ei ddweud rhwng y ddau. Geiriau a gollwyd yn fud i'r gwter.

Wrth i oerfel oriau mân y bore afael am Myfyr tynnodd ei got yn dynnach amdano. Croesodd o'r Crindy tuag at Cannon Street, lle gallai weld Ned a Gwilym Dawel yn pregethu wrth ei gilydd. Roedd Ned yn chwifio'i freichiau fel dyn dwl a Gwilym druan yn gwneud ei orau i osgoi ei ystumiau. Cerddodd at Ned a rhoi ei fraich am ei ysgwydd.

'Ned, rwyt ti wedi pregethu digon am un noswaith, gad i ni fynd yn ôl am y Castell.'

Er bod mantell drwchus amdano, teimlai esgyrn ei gyfaill yn noeth trwy'i gnawd. Er syndod, ufuddhaodd hwnnw a ffarweliodd y ddau â Gwilym wrth iddo fwrw am ogledd y ddinas. Anelodd y ddau tuag at yr afon gan droi am Cloak Lane yn Dowgate Hill. Roedd y lôn yn dawel a'r ddinas yn profi'r cyfnod hwnnw rhwng gwely a gwaith pan nad oedd neb braidd ar eu traed heblaw ambell feddwyn wedi'i ddal yn ddigysur ac yn ddigyfeiriad.

Nid oedd gair rhyngddynt. Ceisiai Myfyr hymian rhyw alaw werin a glywsai yn y Crindy. Daeth düwch Cloak Lane i sobri'r ddau Gymro.

Cerddent heb dalu sylw i'r pyllau dŵr a frithai'r lôn, eu camau'n odli. Oedai Owain bob hyn a hyn i gael ei wynt ato. Trodd Ned i weld ble roedd ei gydymaith. Disgwyliodd amdano. Wedi iddynt ddod yn ddau eto, bwriasant yn eu blaenau a'r mymryn lleiaf o olau lleuad yn hala cysgodion i gyfarth yn ddigywilydd wrth eu sodlau. Prysurodd eu camau bychain gan synhwyro dannedd yn sgyrnygu wrth eu pigyrnau. Wrth wneud, daeth sŵn 'sgidiau trymion o'r tywyllwch, eu hoelion yn dyrfau, a dwy law i afael am yddfau'r ddau Gymro a gwthio'u hwynebau yn erbyn cerrig geirwon un o adeiladau'r lôn. Cyn i'r naill na'r llall ddeall yn iawn beth oedd yn digwydd roedd pigau cyllyll wedi'u dal dan eu genau a phlygwyd eu breichiau tu ôl i'w cefnau. Teimlai Myfyr bresenoldeb wyneb dieithr benben ag e. Clywai arogl tybaco'n drwm ar ana'l y dyn a gwynt dial ar ei ddillad.

Sibrydodd hwnnw yn ei glust,

'Mentra di symud ac fe wthia i'r ffecin gyllell 'ma fel ei bod hi'n sgiwrio dy dafod at daflod dy geg.'

Roedd dau ohonynt. Llundeinwyr. Er nad oedd yn gallu gweld pethau'n iawn, gan fod ei foch yn sownd yn y wal, synhwyrai Myfyr fod un yn dalach ac yn dewach na'r llall, ei gysgod yn gawr. Hwnnw oedd yn siarad. Tynnodd y llall ei gyllell o ên Ned a'i rhoi dan ei geilliau.

'Ac amdanat ti'r cachwr bach salw, fydde 'na ddim yn rhoi mwy o bleser i fi na gweld y llafn 'ma'n hollti dy berfedd drwy dwll dy din. Gwelais i ti'n llawiach iawn â'r penboethyn Glan-y-gors 'na. Fe wyddom bopeth am hwnnw.'

Gwthiodd y talaf ohonynt ei wyneb fel ei fod yn cyffwrdd ag wyneb Myfyr ac arogl sylffwr ei ana'l yn ei dagu. Dechreuodd ar ei bregeth a'r geiriau'n eiriau dynion eraill. Yn eiriau a darddodd rhwng cadeiriau moethus a chelfi cain tai bonedd y ddinas. Yn fygythiadau a gytunwyd dros symudiadau darnau gwyddbwyll, cognac Jules Robin a mwg tybaco Hafana. Ei linellau a'i ufudd-dod wedi'u dysgu a'u prynu'n rhad.

'Dyna ni, mae'n dda ein bod ni'n deall ein gilydd. Falle gallwn ni barhau â'n sgwrs mewn modd mwy bonheddig.'

Gyda hynny, cododd ei ben-glin i bwrs Ned nes bod hwnnw'n dyblu mewn poen. Poen ar ben poen, a chymaint ohono nes y teimlai ei du mewn yn corddi.

'Deallwch, gyfeillion, nad oes croeso i'ch penboethder yn y ddinas hon ac os glywa i eich bod chi neu un o'ch cyd-Gymry contlyd a'ch bryd ar wthio syniadau chwyldroadol yma fe yrra i bob un ohonoch ar eich pennau i afon Tafwys gydag olwyn coetj am eich gyddfau. Fysai eich gwaredu'n ddim mwy na damsgen ar forgrugyn.'

Gyda'i law fanegog, gwasgodd fochau Myfyr at ei gilydd a siaradodd yn bwyllog yng nghlust y Cymro o grwynwr. Teimlodd hwnnw boer ei fygythiwr yn gwlychu'i foch.

'Jones, mae pethau rhyfedd yn gallu digwydd yn y ddinas hon. Pe byddet wedi gofyn i'r ladi honno ddweud dy ffortiwn gynnau, byddai wedi dweud wrthyt am dân a'th gyfoeth mawr yn diflannu mewn cwmwl o fwg. Gwylia di'r fflamau, does dim tosturi iddynt.

'Nawr, does gen i'm ffecin syniad beth oedd y twrw mawr 'na yn y dafarn heno, ond mae'n iawn i chi wybod ein bod ni'n cadw golwg barcud arnoch chi. Ni wedi cael digon o ffwdan 'da'r Gwyddelod gwallgo a dy'n ni ddim eisie unrhyw dwrw wrth ryw genedl gachu fel eich un chi. Ydy hynny'n glir i'r ddau ohonoch?'

Gwthiodd ei wyneb at wyneb Myfyr fel bod hwnnw'n gallu teimlo'i farf ddeuddydd yn crafu'i groen.

'Ateb fi'r ffecar,' mynnodd.

'I be awn ni i ddadlau efo dy lafn, gyfaill? Buost latai triw. 'Ŵan gawn ni fynd adra?'

'Trueni na fuasai'r ddau ohonoch chi'n ffecio adre go iawn a pheidio tywyllu'r ddinas fawr hon byth eto. Does dim angen mewnfudwyr arnon ni i ddwgyd ein swyddi a byw'n fras ar ein cyfoeth ni. Ry'ch chi'n dod yma ac yn mynnu glynu aton ni fel cagle at dwll din buwch.'

Gorchmynnodd ei bartner i chwilio pocedi Myfyr. Llaciodd hwnnw ei afael yn Ned a rhwygodd fotymau cot Myfyr ar agor â'i gyllell.

'Cwyd dy freichiau,' meddai wrtho a chicio'i goesau'n agored.

Yn y düwch, wrth ufuddhau i'w arthiad, croesodd Myfyr ei ddwylo o flaen ei wyneb. Cododd hwnnw ei gyllell yn reddfol gan gredu bod yna ddwrn yn cael ei anelu ato. Yn y dryswch, teimlodd Myfyr lafn y gyllell yn agor y cnawd o'i arddwrn i'w fawd.

'Beth ffec wyt ti'n trio'i wneud? Tisio bod yn arwr neu be?' meddai'r lleiaf ohonynt cyn dechrau twmblo trwy ei ddillad a thynnu waled o'i eiddo allan. Agorodd honno a phocedu'r hyn o arian oedd yn weddill ynddi. Gosododd y waled yn ôl. Roedd ôl ymarfer ar y ffordd y llwyddon nhw i dresbasu ar fywydau'r ddau Gymro mewn mater o eiliadau. Roedd proffesiynoldeb yn perthyn i'r modd y codasant fraw a chanfod gwendid.

Gwnaeth yr un boliog yr un peth gyda Ned. Rhwygodd ei fantell fraith o'i gefn a fferetodd drwy ei ddillad. Tynnodd lythyr o boced cesail ei got. Edrychodd ar y cyfeiriad oedd wedi ei ysgrifennu arno.

‘Llythyr i dy gyfaill?’ meddai gan amneidio at Owain.

‘Llythyr caru tybed?’ awgrymodd y llall yn sbeit i gyd.

‘Fe gymra i hwn yn brawf ein bod wedi…’ oedodd, ‘eich cynghori…’ oedodd eto, ‘a dwyn perswâd arnoch mai doeth fyddai cilio ’nôl i’ch gwâl.’

Caeodd ei ddwrn yn dynn am y llythyr gan wasgu hwnnw’n garreg yn ei law a’i wthio’n ddwfn i’w boced.

‘Rhwydd iawn fyddai dweud wrth y byd am eich perthynas wyrdroëdig. A chithau wedi’ch canfod yma’n ymgydio yn eich gilydd yn gariadon. Y moch. Methu aros tan eich bod y tu ôl i ddrysau caeedig, ie?’

Brathodd Myfyr.

‘Gwyddost mai celwydd maleisus yw peth felly. Mae gen i gysylltiadau gwyddost.’

Gwenodd ei fygythiwr.

‘Ac wyt ti’n credu mai dim ond gyda chi’ch dau mae’r hawl ar dwyll a chelwyddau? Mae’r hen fyd ’ma wedi masnachu ar gelwydd erioed ac ni fyddai ddim dicach o gael un arall am ddau Gymro wedi’u dal a’u dwylo am gociau’i gilydd ar un o strydoedd Llundain. Gei di weld faint o gysylltiadau fyddai gen ti bryd hynny. Mae gennym beiriant celwyddau fyddai’n dy fwyta’n fyw.’

Dechreuodd y ddau biffian chwerthin. Roedd gan y Llundeiniwr un rhybudd arall i’r Cymry.

‘Gewch chi ganu faint fynnoch ond fydd y llywodraeth Brydeinig byth yn ildio i’ch dyheadau dwy a dime. Deallwch hynny. Mae’r cyllyll hyn yn ysu amdanoch.’

A thrwy’r tywyllwch, derbyniodd y ddau Gymro ddyrnau i’w hasennau. Dyrnau gan ddau oedd yn gwybod sut roedd gadael ôl eu dwylo. Dyblodd y ddau Gymro hyd at eu cwrcwd.

Gafaelodd un ym mhen Ned a’i dynnu’n filain nes ei fod yn wynebu’r lleuad.

‘Ac amdanat ti’r pwrsyn brych, cymer hon er mwyn i ti gofio’n cyfarfyddiad.’

Suddodd ei ddwrn i ganol ei wyneb gan achosi i sŵn y glec ffrwydro'n galed. Gafaelodd rhych ei faneg ledr, lle tynnwyd ei defnydd yn sêm daclus, dwt, yn y croen tyner uwch gwefus Ned a'i hollti. Ciliodd i'w gwrcwd gan wingo mewn poen. Ceisiodd ddiogelu'i wyneb rhag ergyd arall. Teimlodd gic yn gwagio'r gwynt o'i stumog gan adael iddo dynnu'n wyllt am ei ana'l. Yna diflannodd y ddau ymosodwr i'r cysgodion gan adael Myfyr a Ned yn friwedig ar y stryd.

Cododd Owain ei law a gweld hollt ddofn ynddi. 'Mestynnodd hances wen o'i boced a chlymu honno'n dynn am y clwyf. Blodeuodd ei waed arni. Aeth at ei gyfaill ac estyn llaw iddo godi.

'Dau gachwr. Dau was triw i'r brenin. Plant Alis y biswail,' myntai Ned cyn chwydu'n afreolus dros ei 'sgidiau. Chwydodd holl lysnafedd y ddinas o'i grombil. Chwydodd nes iddo swnio fel brân yn crawcian. Chwydodd fel na allai chwydu dim mwy a sychodd ei swch gwaedlyd yn ei fantell frethyn.

Agorwyd ffenest a gwaeddodd llais ohoni, 'Ewch adre'r basdads meddw.'

Trodd y ddau Gymro a cherdded am gartref y crwynwr. Ni fu gair pellach rhyngddynt tan iddynt gyrraedd yno. Oedodd Myfyr cyn agor y drws.

'Aros, roedd llythyr gen ti i fi? Be oedd ynddo fo, Ned?' holodd.

Tawelwch. Yna,

'Doedd e'n ddim byd o bwys.'

Croesodd y ddau drothwy'r tŷ gan adael eu cosfa a'u cymod ar y stryd.

Bore Sadwrn, 14 Hydref 1808

Rho im iaith yr oriau mân

Er i'r ymosodiad eu sobri, baglodd y ddau'n ddigon ansicr eu cerddediad i'r parlwr ffrynt a thaflu'u cotiau dros gadair. Aeth Myfyr i chwilio am liain i'w lapio am ei fawd. Roedd ei ddolur wedi gwaedu'n goch dros ei grys gwyn.

Eisteddai Ned wrth y lle tân yn syllu ar y marwydos olaf yn diffodd. Byseddodd y cwt oedd uwch ei wefus. Gwthiodd ei dafod i'r hollt oedd ynddo ac yn sydyn teimlai'r byd yn cau amdano. Ymladdai i dynnu'i ana'l ac roedd ei ochrau, lle bu'r dyrnu, yn dyner, dyner.

Daeth Myfyr yn ôl ato o'r gegin ac ymunodd ag e ger y pentan. Roedd golwg wedi'i ysgwyd arno yntau, ei wyneb yn wyn fel cannwyll a'i wallt wedi cwympo'n gudynnau rhydd dros ei dalcen. Edrychodd ar ei gyfaill yn eistedd yno'n fud wrth y pentan. Tarodd ei ben am yn ôl a chau ei lygaid. Dechreuodd yr ystafell droelli'n ddawns o'i gwmpas. Yn gynt ac yn gynt nes ei fod ar fin cyfogi. Agorodd ei lygaid ac arafodd y symudiad chwrligwgan. Trodd at Ned.

'Aeth petha'n flêr rhyngom, Ned, a'r gwirionedd wedi mynd yn beth swil. Mae'n bryd i ni gymodi. Rhoi petha tu cefn. Edrych at yfory. Be ddwedi di?'

'A pha wirionedd a fynni di ohonof, dwed? Yr un sy'n dweud taw fi oedd awdur cywyddau'r ychwanegiad, neu'r un sy'n dweud taw fi luniodd dy gyflwyniadau di i'r *Myvyrian*? Neu oes gwirionedd arall a fynni?'

'Dim ond y gwirionedd hwnnw yr aethom i'w achub. Hwnnw fydd yn fesur terfynol arnom. Wyt ti'n cofio hwnnw? Ein bwriad i gynnal yr hen chwedla a chadw'r hen ganu? Dyna yrrodd ni o'r dechra, yntê? Hwnnw fydd yn ein gyrru eto. Rhoi'r gorffennol yn rhodd i'r presennol – dyna ddudest ti un tro.'

Ochneidiodd Ned. Aeth i'w boced, tynnu ei botel fechan mas a blasu'i chynnwys. Wrth iddo'i dychwelyd, teimlodd bresenoldeb y garreg fach a'i geiriau yn ei boced cesail.

'Creu'r gorffennol wnes i.'

'Onid hynny a wnawn ni i gyd drosodd a thro yn ein meddyliau? Rhith yw cof a dim byd i'w ddal ond yr edau deneua un. Mor denau nes braidd nad ydi hi yno o gwbl. Gall ein twyllo'n aml.'

Wrth i'w eiriau gwympo'n oer i'r grât, gwelai Myfyr ei hun yn grwtyn trowsus byr ar glos Tyddyn Tudur yn rhedeg gyda Nel y ci defaid yn gwmni ffyddlon iddo, yn tynnu cyllell o'i boced ac yn torri llythrennau'i enw'n ddwfn i risgl y goeden dderw a hawliai gornel Cae Twll Mwg, ac yn mwyara hyd lannau Alwen a honno'n sisial ei enw'n hiraethus.

Cododd a chymryd pocer at y tân er mwyn ysgogi'r hyn o wres oedd yn weddill ynddo.

Aeth yn ôl i'w gadair a syllu'n hir i'r grât. Meddiannwyd eu cwmni gan dawelwch am mai mud oedd iaith cymodi.

'Hi yw'r edau wytnaf un, gwyddost,' meddai Ned.

Cliriodd Myfyr ei lwnc cyn siarad.

'Diolch i ti am ddod â'r parsal, Ned. Mae mwy na digon gen i rŵan ar gyfar cyfrol arall o'r *Archaiology*. Dwi am fwrw ati peth cynta yn y bora. Ces air tawel efo Gwilym Daw—' Oedodd ar hanner ei frawddeg a dechrau chwerthin ar ei chwarae ar eiriau'i hun. Chwarddodd yn uchel. Yna, pan sylweddolodd taw fe oedd yr unig un oedd wedi'i weld yn ddoniol, stopiodd.

'Mi 'nei di gyfrannu, g'nei?'

'Wn i ddim. Mae pethau wedi newid. I beth awn ni i ymlafnio dros bethau fel hyn a'r gynulleidfa mor anniolchgar? Pam aros fan hyn a gwagio'n hanes i garthffosiaeth dinas estron? Yng Nghymru mae dy angen di, nid yn cynnal seiadau gyda chriw mor ddiweledigaeth a diuchelgais â'r rhai oedd yn y Crindy heno. Mae ei hen ddywenydd yn galw arnat i droi am adref. 'Nôl yng Nghymru fe allen ni agor ein gwasg ein hunain a chyhoeddi llyfrau rif y gwlith gan gynnwys beirdd ein cyfnod ni – ein Coleridge Cymraeg. Meddylia am y croeso gelen ni, y parch… y parch.'

'Fan 'ma mae'r arian, Ned. Gwyddost hynny. Fan 'ma mae'r berw a'r brwdfrydedd. Ein dinas ni yw hon. Mi glywaist ti Jac heno a gwyddost am ei egni'n cyhoeddi'i bamffledi a'i gerddi – er gwaetha protestiadau Ginshop Jones.'

Tawelodd Ned ac eisteddodd â'i ben yn ei ddwylo. Atseiniai tipiadau'r cloc drwy'r mudandod. Ymhen hir neu hwyr, tarfodd Myfyr ar y tawelwch.

'Cei dy dalu, wrth gwrs. Fydden i ddim yn disgwyl i ti wneud am ddim. Cei lety yma efo ni. Mae gen i swyddfa gei di – lle i ti roi trefn ar betha. Un gyfrol arall. Be ddwedi di?'

Nid atebodd Ned, gan adael i'r cloc gyfri'r eiliadau. Yna,

'Byddai'n go denau arnoch chi heb fy nghyfraniad i. A fy ngwirionedd, wrth reswm. Mae yna un stori fawr arall i'w dweud,' meddai o'r diwedd.

Gwenodd Owain. 'Dyna ni. Peth cynta amdani. Cei di roi trefn ar y papura 'ma ac mi a' i â nhw at yr argraffydd. Ti sydd i lunio'r rhagymadrodd a cheith Gwil olygu. Mi wna i ryw bwt o gyflwyniad – cei fwrw golwg arno a thwtio ychydig petai angan.'

Cododd a rhoi'i law ar ysgwydd ei gyfaill.

'Gwell i ni noswylio, mae gwaith mawr yn ein disgwyl.'

Gwyliodd Ned ei gyfaill yn troi o'r ystafell a'i adael ar ei ben ei hun.

Roedd ychydig o wres y tân yn dal i'w gofleidio. Gwyddai fod yna bethau pwysig heb eu dweud rhwng y ddau, y geiriau'n sych ar ei wefusau. Aeth i eistedd yn y gadair freichiau wrth y pentan. Plygodd ei goesau o dan ei gorff a gosod ei fraich dan ei ben. Bellach roedd sioe'r cysgodion wedi tawelu a dim ond lludu oedd ar ôl o'r cols. Roedd cysgu yma dipyn yn fwy cysurus na rhai o'r mannau lle bu iddo fwrw'r nos yn ddiweddar. Clywai'r glaw a'r gwynt yn cario ambell waedd, ambell sgrech ac ambell chwerthiniad strae o'r stryd tu allan.

Er ei flinder, ni ddeuai cwsg yn rhwydd iddo. Gan na allai na chysgu na gorffwys, estynnodd am y botel fach oedd yn gwthio'i gwydr i'w asennau a chymryd dracht ohoni. Gwingodd wrth i chwerwder ei chynnwys losgi'i geg. Cododd i mofyn y croen afanc a adawyd ar gefn y gadair. Gosododd hwnnw dros ei gorff a theimlodd feddalwch y blew yn ei gosi a'i gysuro. Ymhen dim, suddodd i gwsg braf a chyn gynted ag y caeodd ei lygaid daeth breuddwyd iddo.

Coelcerth. Yn berth. O dan. Bair. Cyllell. Dau ddyn. Yn cellwair. A thân. Na. Ein. Hiaith. Yw hi. A'i. Lliw. Ysgafn. Yn llosgi. Geiriau. Dau. Sydd nawr. Ar dân. A'u hidiom. Hwy. Yn fudan. O'r tân. Caiff. Geiriau'u tynnu. A. Phrudd. Yw. Eu. Deunydd. Du. Arhoswch. O'r llwch. Daw llun. Dau air. Yn troi'n. Aderyn. Fel. Anwedd. Mae'n diflannu. Nawr yn. Fwg. Lle'r deryn. Fu. Cusan. A. Honno'n. Cosi. Cariad. Rhwng. Lleuad. A. Lli. Afanc. Sydd yno. Hefyd. A baedd. Y mwya'n. Y. Byd. Yn y drain. Mae. Cynffon dryw. Neu. Gudyll. Na. Cog ydyw. Daw. Yn fyw. Lygoden. Fach. Ac. Yna'n. Troi. Yn. Geinach. O'r dirgel. Fe ddaw'r. Dwrgi. Â. Chwa o. Wynt. A. Chwe. Chi. I'w. Ganlyn. O lyn. I lwyn. Maen nhw i. Gyd. Yma'n. Gadwyn. Yn troi a throi. A. Thrwy'r heth. Yn. Daer. Fe. Ddônt. Yn. Doreth. Wedi'u. Dal. Gan. Edau. Hen. Eiriau. Hud. Rhyw. Geridwen. Daw. Un. Morgrugyn. O'r. Gro. Ei. Siwrne'n. Pwyso. Arno. A. Chamau chwil. Trychfilyn. Sy'n. Eu. Hel o'r swynion. Hyn. I'w gwau. Hwy. O'r. Droell. Gaeth. Hyd lwyni. Ein. Chwedloniaeth.

Aflonyddai'r freuddwyd ar Ned gan achosi iddo droi a throsi'n anniddig yn ei gadair. Mwmblai rywbeth am fflamau neu, o bosib, amau, neu fe allai fod yn gamau. Deuai'r seiniau'n un llifeiriant ac nid oedd posib gafael ond mewn ambell air. Er hynny, cydiai ei acen ddeheuol gref yng nghwt pob un sain. Tynnodd y cnu'n dynnach amdano a thawelodd ei eiriau am ychydig. Chwyrnai'n drwm a meginai ei frest fel gwynt mewn simne. Wrth iddo gwympo'n ddyfnach i'w gwsg daeth darlun arall iddo. Gwelodd ddau amlinelliad yn ymddangos trwy niwlen. Roeddynt yn amlwg ar berwyl a bwrlwm yn eu cerddediad. Deuent tuag ato, amlinelliad dau ddyn…

A'u. Sŵn. Sy'n. Prysur. Nesáu. Eu rhodio. Sy'n. Guriadau. Dau. Lanc. Ddaw. Ar hyd. Y lôn. I. Dalwrn. Sgidie. Hoelion. A. Dau. Sydd. Heno. Ar. Daith. Yn. Gaib. Gan. Ddiod. Gobaith. Trwy'r. Hyder. Sy'n y. Troedio. Rhedai. Braw. Ar. Hyd eu. Bro. Twrw'r rhain. Sy'n. Crynu. Tre'. Yn. Bâr. Sy'n. Sgathru'r. Bore. Mae. Eu hiaith. Yn gamau. Hir. Yn. Wyllt. Fe lyncant. Filltir. Ond. Blin. Yw strydoedd. Dinas. A. Rhy hir. Yw hyd. Y ras. Daw. Rhyw niwl. I'w. Rhwystro. Nhw. Ac. Araf yw'r. Tir. Garw. Lle. Bu'r. Sarn. Mae. Llwybrau. Serth. A. Rhaff. I'w. Dal. Mewn. Trafferth. Eu hoelion. Sy'n. Dawelach. Am mai. Bwrn. Yw'r camau. Bach. Eu. Sŵn. Fel rhai. Mewn sane. A'u twrw. Hwy'n. Cosi. Tre'. Y. Nos. Ddaw. I'w. Hanwesu. A'u. Hel. Hwy. O dan. Ei phlu. Eu. Gwedd. Sydd. Nawr. Dan. Gaddug. A'u. Geiriau. Ewn. Sydd. Yn. Gryg. A. Thrwy'r. Heth. Daw'r. Teithwyr. Hyn. Heibio. At. Ymyl. Dibyn. Hyd. Erwau. Dwfn. Gwacter. Du. A'u. Lôn. Wedi. Diflannu.

Yn ei fraw, dihunodd Ned o'i freuddwyd. Ac yntau rhwng cwsg ac effro, teimlodd ei hun ar erchwyn heb ddim na neb i afael ynddo, fel dyn yn cerdded llinyn. Ar hanner cam, synhwyrodd ei hun yn simsanu ac yna'n…

Cododd yn wyllt ac am ennyd ni wyddai ble ydoedd, fel dyn wedi cysgu tair noson a thri diwrnod. Roedd daearyddiaeth yr ystafell yn ddieithr iddo ac roedd ei symudiadau'n atseinio drwyddi. Cofiodd yn sydyn am dynged Ifan Crych yn cwympo din dros ben o'r parlwr i'r gweithdy, a gochelodd rhag agor drysau'n rhy dalog.

Crynai yn oerfel y bore bach. Nid oedd ond ambell lygedyn gwelw o dân bellach a'r awgrym lleiaf o wres. Teimlai ei gorff yn ysgwyd. Ceisiodd roi'r croen afanc am ei ysgwyddau ond ni leddfai hyn ddim ar ei gryndod. Dechreuodd grynu'n afreolus. Cododd ac aeth i mofyn y parsel o lawysgrifau. A'i lygaid bellach wedi ymgynefino â'r düwch, ceisiodd ddarllen eu cynnwys yn yr hyn o olau a ddeuai o'r stryd neu o'r lle tân, golau pŵl, hanner dall.

Gafaelodd yn un o'r darnau a'i ddal o'i flaen. Gwelai taw cerddi oedd arno. Ni wyddai eiddo pwy oedden nhw. Ni wyddai ai gwir neu anwir eu hawduriaeth. Ni chofiai ai ei eiriau e neu eiriau eraill a addurnai'r papur. Daliai i grynu. Nofiai'r llawysgrifen o flaen ei wyneb. Crynodd Ned nes i'r llythrennau bychain ddod yn fyw a dechrau gweu trwy'i gilydd. Crynodd nes iddo deimlo'i ddwylo'n cosi'n ddidrugaredd. Credai fod ei eiriau'n dawnsio'n fyw ar hyd ei ddwylo fel morgrug. Teimlodd hwy yn ei ferwino. Gollyngodd y darn papur gan adael iddo gwympo ar ben y cols marw. Syllodd arno'n gorwedd yno'n ddifywyd. Yna cydiodd un gwreichionyn ynddo a dechreuodd fudlosgi'n araf. Cododd tagiad o fwg ohono. Trodd hwnnw'n fflam.

Llosgodd y papur ac estynnodd Ned ei ddwylo amdano er mwyn cywain yr hyn o wres a godai ohono. Lleddfodd y cosi. Taflodd ddalen arall ar ei ben. Cydiodd tân yn gynt yn hwn. Cynhesodd. Fflamiodd. Crinodd. Aeth tudalen arall i'w dilyn ac un arall eto. Y tro hwn, gafaelodd mewn swpyn o bapurau ac yng ngolau'r fflamau gallai ddarllen trywydd ei lawysgrifen. Medrai gofio'n union o ble y cododd bob un gair. Cofiai'i law'n llifo dros y papur yn rhwydo'r llenyddiaeth fregus. Cofiai bob cam, pob sillaf a phob atalnod llawn. Cofiai hefyd am y trothwyon digroeso oedd iddo yn y tai bonedd ac am eu llyfrgelloedd diddiwylliant lle cronnai'r llwch yn dew ar gloriau'r llyfrau; llyfrau lluosog eu llyfrgelloedd gweigion. Cofiai am oerni eu pentanau moethus, addurnedig. Ystyriodd y papurau a ddaliai yn ei law am eiliad. Yn sydyn, cipiwyd hwy o'i afael a chwydodd y fflamau eu cynddaredd arnynt.

Dechreuasant larpio'i eiriau'n annhosturiol heb wahaniaethu dim rhwng y gwir a'r gau, eu democratiaeth yn poeri yn wyneb Ned. Teimlodd yntau eu gwres yn golchi drosto. Taflodd weddill y papurau'n un crugyn i'r tân. Am eiliad, mygwyd y fflamau gan achosi i'w lliwiau bylu. Fe'i twymwyd gan eiliadau o dân ac yna tawelodd.

Diffoddodd y tân ac yntau heb gyrraedd ei anterth. Tywyllodd y parlwr. Meiriolodd. Petai arno eisiau, fe allasai Ned fod wedi achub ei eiriau. Tynnodd anadl ddofn. Tynnodd am ei wynt, ei frest yn gaeth. Tynnodd â'i holl nerth gan lenwi'i ysgyfaint styfnig ag awelon bodolaeth. Daliodd ei wynt am rai eiliadau, gymaint ag y medrai, cyn ei ryddhau. Wrth iddo wneud, fflamiodd y papurau'n goelcerth. Roedd y gwreichion wedi canfod ei gelwyddau. Diflannodd dwy flynedd o'i waith mewn dim. Goleuodd y fflamau'r ystafell a dawnsiai cysgodion ar hyd ei muriau, eu breichiau'n ymgydio ac yn troelli rhwng ei gilydd yn un cylch gwyllt. Troellent yn gorwynt gan dynnu'r fflamau i'w dilyn. Teimlodd Ned wres ei iaith yn poethi ei wyneb yn filain. Taniodd ei awen fel magnesiwm. Llosgodd hi'n llachar fel lluched gan hel y geiriau'n fud trwy'r simne at awel Llundain. Ac yna, yr un mor sydyn ag y cydiodd y fflamau, fe ddistawon nhw. Fesul un, ciliodd y cysgodion a gadael dim ond un cysgod unig a'i gamau'n drwm. Cwympodd y cysgod i'w gwrcwd fel petai gwayw o boen yn saethu trwy'i gorff, yn ei dynnu at ei bengliniau. Gorweddodd yno'n dwmpath nes i'r tywyllwch gydio amdano.

Syllodd Ned i'r lle tân a gweld ei lawysgrifau yn ddim ond plu duon.

Cyn ddistawed ag y medrai, dringodd risiau'r tŷ. Roedd pob cam yn gwichian neu'n ochneidio. Tu ôl i un o'r drysau medrai Ned glywed sŵn chwyrnu cyson. Cydiodd ym mwlyn y drws a'i droi'n araf. Gwthiodd y drws yn agored a chamodd i'r ystafell. Gwelai ryw siâp afluniaidd ar y ddau gorff oedd o dan y gwrthban. Roedd yn gyfuniad morfilaidd. Parhaodd y sŵn rhochian. Wrth iddo gymryd un cam arall tuag at y gwely, cwynodd y pren oddi tano'n aflafar. Cyffrôdd y siâp drwyddo a chlywodd lais cysglyd yn dod ohono. Oedodd Ned ar hanner cam gan sefyll yno fel delw. Fel morgrugyn haearn. Distawodd yr ystafell unwaith yn rhagor a mentrodd gam arall.

Ceisiodd ddyfalu ar ba un o'r ddwy ochr roedd Myfyr yn cysgu. Dewisodd fynd am yr ochr chwith a chodi ymyl y gwrthban yn ysgafn. Wyneb Hannah Jane a edrychai arno, ei cheg yn lled agored. Roedd hanner lleuad o floneg dan ei gên a rhyfeddai Ned at wynder ei chroen. Yn sydyn, pesychodd a phinsiwyd Ned gan arogl chwerw'i hana'l. Gosododd ymyl y gwrthban yn ôl dros ei hwyneb a baciodd am 'nôl gam wrth gam. Roedd hyn yn gamgymeriad. Tarodd yn erbyn cadair a simsanodd honno'n feddw cyn troi ar ei hochr a bwrw'r llawr â sŵn trombôn. Cynhyrfodd y siâp drwyddo a chlywodd Ned lais Myfyr yn brefu dweud rhywbeth neu'i gilydd. Saethodd i'w gwrcwd wrth droed y gwely. Nid oedd yr helynt wedi amharu dim ar drwmgwsg Hannah Jane ac ymhen dim o dro roedd ei chwyrnu wedi ailfeddiannu'r ystafell. Arhosodd Ned yno am ennyd yn cael ei wynt ato. Sylwodd ar grud pren wrth ochr ei benelin. Gwelodd wyneb cwbl effro'r cyntaf-anedig yn syllu arno. Gwenodd arni a cheisio gwneud ystum ar y fechan i fod yn dawel. Gwenodd hithau'n ôl arno a dechrau chwerthin. Cydiodd ei diniweidrwydd yn Ned. Gwenodd y ddau'n siriol ar ei gilydd.

Yn fwy carcus y tro hwn, anelodd am ochr Myfyr. Yn araf, estynnodd ei law o dan y gwrthban a'i gosod dros geg ei hen gyfaill. Agorodd Myfyr un llygad a golwg ddryslyd, frawychus ar ei wyneb. Sibrydodd Ned yn dawel yn ei glust,

'Dere ar siwrne 'da fi.'

Chwifiodd Myfyr ei freichiau ac ymbalfalodd am ryw sicrwydd yn y byd diamser, didirwedd hwn roedd Ned wedi'i ddihuno iddo.

Cydiodd Ned yn llaw ei gyfaill a'i arwain i lawr y grisiau ansad. Arweiniodd ef at ddüwch y parlwr. Roedd oerfel Hydref wedi llenwi'r ystafell. Yn reddfol, cydiodd Myfyr yn ei got a'i gwisgo amdano. Taflodd y ffaling i gyfeiriad Ned a gwisgodd hwnnw hi dros ei ysgwyddau. Tynnodd Myfyr ei ddwylo trwy'i wallt.

'Dwi'n gobeithio bod rheswm da dros fy nhynnu i o'r gwely.'

Bu cyfnod hir o dawelwch rhwng y ddau cyn i Ned ei ateb.

'I beth ymlafnion ni mor hir amdano, dwed? I adael i bethau freuo a darnio? Wyt ti'n cofio geiriau dy gyflwyniad i waith Dafydd ap? Dy fod yn mynnu i'w waith "da ymgeledd a chadwraeth".'

'A rhyfedd bod cynifer wedi ymachub rhag disgyn i drigfannau angof,' ychwanegodd Myfyr.

'Ac yn dymuno i'r farddoniaeth hyrwyddo llwyddiant a chroeso gan eu cyd-wladwyr tra parhaont ym meddiant yr iaith a dderbyniasant o enau hynafiaid trwy dreiglau a damweiniau rhan fawr o oed y byd.' Medrai Ned ddwyn pob un sill i gof.

'Diawl, fi sgwennodd hynny? Petai hi ddim mor fora buaswn yn gofyn i ti ei ddeud eto.'

'A pha groeso gawson ni? Un mor llugoer â chnec mewn cwrdd gweddi. Owain, nid dyma dy le di. Pa werth a dafolir i dy gyfraniad mewn lle fel hwn? Gad i mi fynd â thi sha thre.'

Trodd Owain i edrych ar ei gyfaill. Fe'i trawyd gan y blinder a dyfai drosto fel iorwg.

'Fe dwyllaist ti fi, Ned. Ceisio gwneud ffŵl ohona i. Fel castiau'r consuriwr hwnnw ar y stryd heno. Ffugio. Gwn yn iawn.'

Oedodd Ned cyn ateb.

'Ni chofiaf i ti yngan gair o gŵyn a minnau'n dy borthi â gweithiau i lenwi'r *Archaiology*. Daethost i'r cafn yn llawen. Ni fu'r un fodrwy drwy dy drwyn. Ac onid twyll oedd addo pensiwn i mi am weddill fy nyddiau ac yna mynd yn ôl ar dy air? Hanner can punt y flwyddyn fwriadaist er mwyn i mi wasanaethu ein cenedl yn ôl fy ngallu. Bu gen i gynlluniau… a doedd yr hyn addewaist ti imi ddim llai na'r hyn roeddwn i'n ei haeddu. Ces i fy siomi… fy nhwyllo hefyd.'

'Rhaid genau glân i ganu, Ned. Ti â'th gau a'th ofer addewidion. Gwyddwn yn burion o'r dech—' Ataliodd. Ochneidiodd.

'Deuthum i nabod y Bardd Mawr yn dda, a deuthum i dy nabod di'n well.' Yna holodd, heb gyfeirio'i eiriau at neb,

'Ai twyllo'n gilydd neu dwyllo'n hunain wnaethon ni?' Siglodd Owain ei ben cyn ychwanegu,

'Ella mai rhywla rhwng y ddau mae'r gwirionedd? Ella fod bai ar y ddau ohonom. Ella i betha fynd yn drech arnom. Ella i'r geiniog fynd yn fwy na'r gân.'

'Dros Gymru y gwneuthum bopeth. Ei hiaith a'i llenyddiaeth. Drosti hi. Fe'm hudwyd ganddi. F'enaid rhoddais i'w fonyn. Yn fai…' Ceisiodd Ned agor bysedd ei law dde, a'u canfod cyn ystwythed â charreg. Caeodd ei lygaid, '… ar neb ond fi fy hun.'

Disgynnodd distawrwydd yn drwm dros y ddau, er bod hwnnw'n gleber i gyd yn eu pennau. Ceisiodd Owain ofyn pam iddo, holi Iolo am ei gymhellion, ond rywsut gwrthodai'r geiriau gael eu lleisio, fel pe baent yn synhwyro'r lletchwithdod rhwng y ddau, yn amau nad oedd gwerth iddynt, a lleithder cof wedi'u llwydo. Er hynny, wrth i eiriau diwethaf Ned atseinio yn ei ben, synhwyrai Owain iddo glywed rhyw lun ar esboniad a rhyw awgrym o ymddiheuriad.

Llenwyd yr awyr gan feddyliau a phethau i'w dweud, rhywbeth yn debyg i sŵn galar a siarad angladd. Ond ar adegau fel hynny, dim ond y pethau bychain gaiff eu dweud, a'r pethau mawrion yn cael eu cadw dan sêl amlen. A rywfodd, roedd y pethau hynny, bellach, wedi peidio â chyfrif.

Cododd Myfyr a cherdded yn bwrpasol tuag at ddrws y gweithdy. Stopiodd a gosod ei bwys yn ofalus ar un o estyll y llawr pren. Gwthiodd ei sawdl arni nes bod digon ohoni'n codi o'r patrwm geometrig a greai gyda'r gweddill. Aeth ar ei gwrcwd a suddodd ei ewinedd yn y pren nes bod digon o afael ganddo i'w godi. Plannodd ei fraich yn y gwacter a thynnu cist dywyll ohono, tua'r un maint â bricsen. Gosododd hi ar fwrdd y gegin. Aeth at y dresel a thynnu un o'r jygiau lliw copr o'i bachyn. Y tu mewn iddi roedd dyrnaid o allweddi wedi'u rhwymo wrth ei gilydd. Dewisodd y lleiaf ohonynt a'i rhoi i agor y gist. Tynnodd swp o arian papur allan a chyfrif saith papur deg punt. Plygodd hwy yn eu hanner a'u hestyn i Ned.

'Mae'r gist yn wag, Ned.'

Gosododd Ned yr arian ym mhoced fewnol ei fantell frethyn. Wrth iddo wneud, teimlodd rywbeth miniog yn pigo'i fawd. Tynnodd y morgrugyn haearn allan a'i daflu i'r gist wag. Gwrandawodd y ddau wrth i hwnnw fownsio ar y deunydd tun.

Roedd digon o olau i greu rhyw ffurf o gysgod ar wyneb y parlwr, yn ddim mwy na siâp afluniaidd, diddiffiniad a mud.

'O'r gora, dos â fi adra.'

Eisteddodd y ddau a dechreuodd Ned eu hudo ar y daith sha thre. Caeodd fyclau ei 'sgidiau a chlirio'i lwnc. Goleuodd y gwyll i ddatgelu llwybr o'u blaenau. Gwawriodd cysgod ar y wal o ddau'n camu mewn cymod a llais yn dweud…

Unwaith roedd coeden unig

Dihunodd Gwri'n sydyn. Roedd sêr y nos yn dal i hawlio'u teyrnas. Roedd nawsyn oer wedi cydio amdano. Tynnodd ei fantell yn dynnach. Llifodd ei freuddwyd ato a chlywodd eiriau ei fam y bore hwnnw, pan adawodd y llys flynyddoedd yn ôl, yn bachu yn ei gof.

'Wrth i'r haul godi, edrych trwy'r twll yng nghrombil y garreg. Fe weli di saith coeden braff. Rhith fydd chwech ohonynt, namyn darlun yn dy feddwl. Cymer fwa a saeth a saetha'n gywrain at foncyff y goeden go iawn nes bod dy saeth yn hollti'r edau aur fydd wedi'i chlymu o gylch ei chanol. Gwylia na chei dy dwyllo gan y dafnau gwlith fydd yn disgleirio ar y gwe corryn fydd wedi'i nyddu ar ganghennau'r goeden. Wedi iti dorri'r edau, dilyn hi yn ôl at ei tharddiad. Yno bydd blwch aur... Fe fydd angen yr allwedd fechan hon arnat.'

Dechreuodd wawrio. Byseddodd yntau'r allwedd fechan, ei haur yn gynnes, tan i'w dannedd frathu'r graith ar ei fawd. Gollyngodd hi'n sydyn a'i gadael i hongian fel lleuad fedi.

Edrychodd drwy'r twll yn y garreg a gweld saith coeden yn sefyll yn dalog o'i flaen mewn rhes.

Craffodd Gwri arnynt yn ofalus. Roedd pob un ohonynt yn edrych fel coed go iawn. Sylwodd fod gwe o wlith yn disgleirio'n aur yng ngwawr y bore ar y saith ohonynt. Ai'r goeden ganol oedd ei darged? Wedi ystyried, credai y byddai hynny'n rhy amlwg. Roedd rhywbeth yn ei ddenu at y drydedd goeden. Ai greddf? Ai arwydd? Ni allai'n ei fyw â phenderfynu. Craffodd a gweld bod awgrym o flagur ar ei changhennau nad oedd ar yr un o'r lleill. Dyna hi, meddyliodd.

Cododd ei fwa a saeth ac anelu at y drydedd goeden. Gwelodd rimyn o edau aur yn gwlwm am ei chanol. Dyna'i darged. Tynnodd ei saeth yn ôl yn barod i'w gollwng. Teimlai ei phlu yn cosi'i foch. Yr eiliad honno, o gornel ei lygad, sylwodd ar frân unig yn hedfan yn hamddenol gan lanio ar frigau'r goeden ganol.

Symudodd ei annel a gollyngodd y saeth i hedfan yn gywrain at foncyff y goeden honno. Gwyliodd wrth i'w saeth hollti'r edau denau oedd amdani yn ddau. Gwawriodd y dydd a bwriodd Gwri yn ei flaen yn unionsyth am y goeden â'r edau aur. Disgynnodd yn ofalus ar hyd wyneb caregog y graig. Gwrthodai ambell silff o bridd gynnal ei bwysau a lled-lithrodd ar ei waered mewn mannau. Teimlodd ei gorff yn sigo wrth iddo ddisgyn ar hyd y llechwedd serth. Roedd gwres yr haul yn dechrau brathu'i groen ac oedodd i lymeitian dŵr o'r nant a greithiai'r mynydd. Gadawodd i'w ffrwd lifo dros ei ddwylo a thaflodd lond dwy law o ddŵr dros ei wallt gan adael iddo redeg yn oer ar hyd ei gefn.

Roedd y goeden yn sefyll yn unig ar y gwastatir. Croesodd Gwri ati a thynnu'r saeth ohoni. Cydiodd yn ofalus yn yr edau aur a'i gadael i orwedd yn llipa ar gledr ei law. Er cyn feined oedd hi, roedd gwead anghyffredin iddi.

Tynnodd Gwri hi rhwng bys a bawd ei ddwy law a synnu pa mor wydn ydoedd. Clymodd hi o amgylch ei law chwith ddwy waith, dair, ac yna dilynodd yr edau gan droelli mwy a mwy ohoni am ei law. Wrth iddo wneud, teimlai'r edau yn tynnu'n dynnach fel petai ei phen arall ynghlwm wrth gromlech. Troellodd yr edau nes bod honno'n faneg am ei law. Cerddodd tan iddo ddod at grugyn o gerrig wedi'u casglu at ei gilydd yn dwmpath. Roedd yr edau'n arwain i'w canol. Chwalodd Gwri'r cerrig a gweld bod yr edau'n mynd i mewn i'r ddaear. Tynnodd hi'n ysgafn ond doedd dim symud arni. Cloddiodd o'i hamgylch nes bod ei fraich yn ymestyn yn ddwfn i'r pridd. Ceisiodd ei thynnu eto. Roedd rhywbeth yn gyndyn iawn o'i gollwng.

Daliodd ati i gloddio nes bod y twll bron â bod yn rhy ddwfn iddo gyrraedd ei waelod. Tynnodd ar yr edau unwaith yn rhagor a theimlo symudiad yn y pen arall. Gwnaeth yr un peth eto a synhwyrai fod mwy o symudiad y tro hwn. Atgoffwyd ef o'i blentyndod ac yntau'n gweithio brithyll ar ben arall ei ffunen bysgota. Rhyddhaodd fwy o bridd ar waelod y twll a thynnu. Y tro hwn roedd symudiad pendant a gwelodd y pridd yn bochio a chwalu fel petai gwahadden yn gwthio'i phen uwch y tir. Un plwc yn rhagor a sylwodd ar wyneb aur yn dod i'r golwg. Tyrchodd yn ofalus o amgylch y gwrthrych a gweld taw blwch ydoedd, yr un maint â'i ddwrn. Cododd y gist fach a brwsio'r pridd oddi ar ei chwe wyneb. Roedd yr edau'n rhedeg i mewn iddi trwy dwll bychan yn ei chaead. Ceisiodd ei hagor ond ni wnâi'r caead gyffro. Tynnodd y faneg o edau aur oddi ar ei law chwith ac aeth ati â'i ddwy law i geisio agor y gist fach.

Saethodd geiriau ei fam i'w feddwl a chofiodd am yr allwedd fechan. Dadfachodd y gadwyn oedd am ei wddf a gafael yn yr allwedd. Astudiodd y blwch yn ofalus a gweld bod yna batrymau a lluniau o bob math wedi'u plethu'n un tapestri cyfan. Ni allai weld twll clo iddo. Roedd anifeiliaid ac adar yn gweu trwy'i gilydd. Ar hyd ymylon y blwch roedd catrawd o forgrug yn canlyn ei gilydd mewn un daith hir, barhaus, ddiderfyn. Crwydrodd ei fysedd ar hyd wynebau cain y blwch. Oedodd wrth iddo ganfod un darn yn codi o'r gweddill fel siâp hanner wy. Credai Gwri'n gyntaf taw nam ydoedd yng ngwneuthuriad yr aur, bod esgeulustod yng nghrefft y gof neu fod y metel wedi bochio wrth gael ei drin. Er mwyn iddo allu gweld yn union beth oedd yno trodd y blwch. Er syndod, deallodd fod y twmpath yn gweddu'n berffaith i weddill y dyluniad. Roedd olion traed aderyn yn addurno'r crugyn bychan. Cyffyrddodd ag e'n gadarnach a llamodd ei galon wrth iddo deimlo'r twmpath yn symud dan bwysau'i fysedd. Astudiodd y blwch a sylwi bod y colfach lleiaf un yn cadw'r twmpath yn ei le. Gan ddefnyddio blaen ei ewin, cododd hwnnw a chanfod twll clo twt wedi'i weithio'n gelfydd yn y metel gwerthfawr. Gosododd ei allwedd yn nhwll y clo a'i throi i'r chwith. Gollyngodd y blwch ei afael ar gyfrinach y chwe wyneb a neidiodd y caead yn rhydd rhyw ychydig bach. Cododd Gwri'r caead ac edrych i mewn i'r blwch. Er siom iddo, gwelodd ei fod yn gwbl wag, mor wag â phenglog.

Rhoddodd ei fysedd yn y gwagle a theimlo'r wynebau llyfn oddi mewn. Roedd yn aeaf o wag a'r gwagle hwnnw'n sgrech yn ei ben. Ni allai ddeall pam y byddai ei fam yn ei anfon ar y fath siwrne er mwyn canfod dim ond blwch cou. Pa dwyll oedd hyn? Trodd y blwch wyneb i waered a'i ysgwyd. Ni ddaeth dim ohono ond am un morgrugyn bychan a gwympodd ar lawes Gwri. Caeodd y caead. Daliodd y blwch at olau haul y bore. Disgleiriodd hwnnw'n aur i gyd. Edrychai fel petai'r holl greaduriaid oedd wedi'u cerfio arno'n gwau'n fyw trwy'i gilydd. Gwelodd afanc a thwrch a cheinach a barcud. Gwelodd frân ac edau yn ei phig a gwelodd ei hun yn mynwesu'i fam. Gosododd y blwch yn ôl yn ei dwll yn y ddaear a thynnodd y bryncyn o bridd amdano nes llenwi'r gofod gwag. Damsangodd ar y ddaear gan ddychwelyd y tir i'r hyn ydoedd. Rhoddodd yr allwedd fechan yn ôl ar y gadwyn a rhoi honno am ei wddf.

Myfyriai sut y byddai rhywun rhyw ddiwrnod yn dod i'r lle hwn a chanfod y blwch. Pa fodd fyddai iddynt geisio'i agor er mwyn datgelu ei ddirgelwch gwag? A fyddai allwedd ganddynt i ddatgloi gwacter ei gynnwys, i ryddhau'r ysbryd o'i fewn? Meddyliai pa stori fyddai'n cael ei chreu bryd hynny er mwyn deall cyfrinach y gist aur. Pa ystyr fyddai rhai'n ei rhoi i'r patrymau a'r lluniau cain oedd wedi'u gweithio arni? Pa ddwylo fyddai'n ei dal eto rhwng tywyllwch a heulwen er mwyn mynnu iaith o'r metel mud? Pa anwiredd fyddai'n cael ei ddweud er mwyn bodloni'u chwilfrydedd? Pa dwyll fyddai'n cael ei wnïo'n dynn i'r defnydd? Ai i hyn y bu ei daith; i ganfod dim mewn gwisg gain? Gadawodd i'w gof grwydro'n ôl ar hyd ei drywydd hyd yma. Cofiodd am y nodyn pur yng nghragen y falwoden, y ferch ddall ddienw, dolur y ddraenen ddigywilydd, y saith coeden rithiol, y geiriau a ddiflannodd oddi ar y garreg a'r edau frau a fu'n ei gynnal ar hyd y ffordd. Ai'n ofer fu'r siwrne? gofynnodd iddo'i hun.

Canai bronfraith ei chân mewn llwyn gerllaw. Canai gydag arddeliad gan alw'r dydd â'i halaw.

Tarodd y nyth o edau i'w sgrepan a phenderfynodd droi am adref. Croesodd yn ôl ar hyd yr un llwybr a'i cludodd at y gist wag. Dringodd at Fryn yr Eryr a disgyn hyd at Drwyn y Morgrug. Cerddodd trwy'r tir ffasach at ymyl coedwig Gallt y Moch. Oedodd yno i gymryd ei wynt ato.

Teimlodd rywbeth yn cosi'i law friwedig ar hyd y graith dyner ar ei fawd. Mewn braw, sylwodd ar gannoedd os nad miloedd o forgrug bychain yn prysur gamu ar hyd ei fysedd, fel petaent yn ymddangos o'r hen glwy. Ceisiodd sgubo'r trychfilod oddi ar ei gorff ond roedd hynny fel petai'n eu cythruddo ac yn cynyddu eu nifer ganwaith drosodd. Teimlai fel petai ei gorff cyfan wedi'i orchuddio gan y creaduriaid bychain a'u bod yn rasio o'i sawdl i'w gorun. Roeddynt wedi canfod eu ffordd i'w ffroenau, i'w glustiau ac i'w fotwm bol. Crafodd ei groen yn ddidrugaredd. Crafodd hyd at waed. Ond doedd dim modd eu gwaredu. Dawnsiai Gwri'n anghyffyrddus.

Ac yntau yn ei gyflwr o gosi gwyllt, ni sylwodd ar gwmni'r gŵr a ddaeth i sefyll rai troedfeddi oddi wrtho. Neidiodd pan glywodd eiriau'r dieithryn hwn.

'Ha, was! Peth cas yw effaith cosi.'

'Diolch i ti, gyfaill, am fy ngoleuo. Ond maddau i mi am gredu taw cwbl ddigysur yw dy gyngor,' meddai Gwri rhwng dannedd caeedig ac yntau'n gwingo mewn poen rhwng pob sillaf.

'Bid hynny fel y bo. Addawaf fyfyrio dros dy eiriau. Serch hynny, medrwn gynnig achubiaeth i ti rhag dy wewyr.'

'Sut mynni di wneud peth felly a 'nghorff yn bla o goesau bywiog? A fynni di eu hel oddi yno fesul un?'

'Gorwedd.'

'Pardwn?'

'Gorwedd ar dy gefn yn unionsyth ac fe wneith dy gyfeillion bychain barhau ar eu taith. Nid wyt iddynt ond darn o'r tirlun. Mor ddibwys â boncyffyn. Dall ydynt, yn meddu ar ddim ond y gallu i weld y gwahaniaeth rhwng dydd a nos. Ond eto maent yn gallu arogli'r awel fydd yn cyffwrdd ein hwynebau dradwy. Gorwedd.'

'Gorwedd?'

Ac yntau heb fawr o ddewis, ufuddhaodd i orchymyn y dieithryn hwn. Gorweddodd a theimlo'r ddaear yn pantio oddi tano. Mynd yn eu blaenau wnaeth y morgrug, gan adael Gwri'n unig.

Edrychodd Gwri ar y gŵr rhyfedd hwn a gweld taw un main ydoedd a'i esgyrn yn dangos dan ei gnawd. Roedd ganddo wallt hir a'r cudynnau wedi'u caglo. Clymai'r rheini'n dusw ar ei war. Sylwodd ar ei fysedd main, hirion ac roedd ganddo fodrwyau aur, rhyw dair neu bedair ohonynt, yn addurno'i ddwylo. Yn gwmni iddo roedd ci bychan du a gwyn a hwnnw'n cadw'i lygaid ar ei feistr.

'Wyt ti wedi bod yn fy nilyn i?'

'Nac ydwyf wir. Dilyn dy gyfeillion ymadawedig oeddwn i.'

'A beth barodd i ti fod yn gymaint o arbenigwr ar drychfilod?'

Estynnodd y dyn ei law yn chwareus i'w gi bach, ac meddai,

'Dyn, nid morgrugyn, yw'n gradd.'

Ni werthfawrogai Gwri ei smaldod.

'A theg credu, mwn, dy fod yn disgwyl i mi dalu'n iawn â thi nawr a thithau wedi gwaredu 'nghnawd o'r brathiadau llym.'

'Ni fynnaf ddim gennyt.'

'Da hynny, felly, gan i mi golli popeth fu imi.'

'Er na fynnaf iawn gennyt, a deithi di ran o'th ffordd yn gwmni imi? Pan ddown at lan afon Aerfen, bydd imi'n gynhorthwy i'w chroesi.'

'Gwnaf hynny'n llawen, er gobeithio na fyddi di'n disgwyl i mi dy gario di ar draws yr afon. Ansad yw'r ysgwyddau hyn bellach.'

'Ni fyddaf faich i ti. Serch hynny, mae twyll yn nŵr yr afon ac nid oes modd i mi ei chroesi heb fod yna linyn yn ganllaw.'

'Llinyn? Nid oes gennyf linyn a all dy gynnal di yn ots i'r edau frau hon.'

Estynnodd Gwri'r nyth o edau denau, dynn o'i sgrepan a'i ddangos i'r teithiwr.

'Dy edau amdani felly.'

Dilynodd Gwri y dyn dofi morgrug a'i gi trwy dyfiant dwys y goedwig tan iddynt ddod at agoriad a sŵn afon.

Roedd cysgod dail y coed yn tywyllu'r llwybr fesul cam. Wedi iddynt gyrraedd at lan yr afon, dywedodd y gŵr dieithr,

'Rho un pen o'th edau i mi a cherdda di â'r pen arall drwy lif yr afon at y lan ochr draw. Yna fe glyma i'r pen hwn wrth fonyn y goeden hon ac fe ddof i'th ddilyn.'

'Pa ystryw yw hyn? Nid oes i'r edau hon y modd i'n dal ni at ben ein taith.'

'Nid oes ystryw yma. Ti gynigiodd dalu iawn i mi. Fe fynnaf groesi Aerfen.'

Ac yntau wedi rhoi ei air iddo, tynnodd Gwri'r edau o'i sgrepan a gwneud fel y mynnai ei gyd-deithiwr. Camodd i'r dŵr a theimlo llif yr afon yn tynnu am ei goesau. Fesul cam aeth yn ei flaen nes bod y dŵr at ei geseiliau. Wrth iddo gyrraedd at hanner ffordd bron na allai sefyll gan gymaint oedd nerth y dŵr. Teimlai rym yr afon yn gafael am ei ganol gan geisio'i hyrddio i'r gwaelodion. Ond ni fynnai dynnu ar yr edau chwaith, rhag ofn i honno dorri ac iddo golli gafael ar yr unig obaith oedd ganddo. Wrth iddo gymryd ei gam nesaf cafodd ei dynnu o dan wyneb y dŵr a theimlai ei hun yn boddi. Gafaelodd yn dynn yn yr edau ac er syndod iddo teimlodd honno'n tynhau ac yn cynnal ei bwysau. Gyda'i ddwy law, tynnodd ei hun uwchben wyneb yr afon gan ddal i dynnu ar yr edau nes i'w draed ganfod tir cadarn. Llwyddodd i unioni ei gam a cherdded at y lan ar yr ochr draw. Trodd i alw ar ei gyd-deithiwr i'w ddilyn, ond er mawr benbleth iddo nid oedd neb ar y lan gyferbyn ag e. Yna credai iddo glywed y dieithryn yn galw ar ei gi,

'Dere, Sam Dafydd yr Ie'ngaf, Ie'ngaf, arwain di'r ffordd, y ci cwrso ag wyt ti,' a chredai iddo weld cwt bywiog y creadur yn diflannu rhwng y deiliach.

Sylwodd fod pen arall yr edau'n nofio ar wyneb y dŵr. Tynnodd hi ato, ei rhwymo'n belen a'i rhoi'n ôl yn ei sgrepan.

Dydd Sadwrn, 14 Hydref 1808

Ei holl idiom yn lludu

Dihunodd Hannah Jane a sylwi nad oedd ei gŵr wrth ei hochr. Cydiodd ei absenoldeb amdani. 'Mestynnodd ei llaw a theimlo'r man lle y bu e'n gorwedd. Roedd ôl ei gorff yn oer. Cododd a phwyso ar ei phenelin gan sylwi bod y gadair wedi'i throi ar ei hochr. Roedd hi'n dechrau gwawrio a'r haul plygeiniol yn ymwthio rhwng adeiladau'r ddinas. Wrth i'w llygaid ymgynefino â'r bore, llamodd ei chalon pan sylwodd ar staeniau coch ar hyd y gwrthban. Cododd hwnnw a datgelu ôl cyfandir o waed wedi gweithio'i ffordd i'r flanced wen y gorweddai arni.

Neidiodd o'r gwely a gweiddi i lawr y grisiau.

'Mr Jones? Mr Jones? Be sy wedi digwydd?'

Er iddynt fod yn briod ers rhai blynyddoedd, daliai Hannah Jane i alw ei gŵr yn ôl yr enw a arferai arno pan oedd hi'n forwyn iddo.

'Mr Jones? Ble ydach chi?'

Ni fynnai godi'i llais yn ormodol rhag ofn iddi ddistyrbio'r fechan. Er bod Myfyr yn foregodwr, peth digon anghyffredin fyddai iddo fod ar ei draed cyn gynhared â hyn.

Cododd a gwisgo'i ffrog waith. Teimlai frethyn honno'n crafu'i chroen o amgylch ei gwar. Tynnodd y llewys i'w lle. Tarodd rywbeth am ei thraed a chamodd yn dawel tuag at y drws. Roedd distawrwydd yn llethu'r tŷ a naws rhwng dau dymor yn treiddio drwyddo.

Disgynnodd ris wrth ris gan oedi bob hyn a hyn rhag ofn iddi glywed rhywbeth a fyddai'n egluro diflaniad ei gŵr. Agorodd ddrws y parlwr a chamu i mewn. Roedd rhyw ddieithrwch yma. Sylwodd fod y drws oedd yn arwain i'r gweithdy ar agor led y pen a bod y ffenest a wynebai'r stryd wedi'i hagor hefyd, gan achosi i'r llenni gael eu tynnu drwyddi. Aeth i'w chau a gosod y llenni'n ôl yn eu lle. Gwelodd eu bod yn llaith. Roedd gwacter yn llenwi'r ystafell.

Trodd ac aeth i weld a fyddai'r drws agored yn cynnig rhyw oleuni iddi. Wrth groesi'r parlwr, fferrodd o weld beth oedd yn y lle tân. Estynnodd am y pocer a phrocio canol y lludu. Yno, ymysg y cols marw, roedd gweddillion y darnau papur roedd Ned wedi'u casglu a'u cludo mor ddefosiynol i'w gŵr. Roedd y fflamau wedi'u llosgi'n ulw gan garboneiddio'r iaith a fu arnynt a phobi'r tudalennau nes eu bod yn deneuach nag adain gwybedyn. Hwnt ac yma roedd gwerddon o bapur gwyn a gadwyd rhag y tân yn lloches i eiriau amddifad.

Rhannodd hwy â'r pocer a chwympodd y dail yn ddarnau crin. Roedd yna fap o ysgrifen arnynt na fedrai ddechrau deall ei ystyr na'i orgraff. Cydiodd mewn swpyn a gwylio'r geiriau'n chwalu yn ei dwylo gan gwympo'n gonffeti o gylch y pentan. Gorweddai cist Myfyr yn haerllug o wag ar fwrdd y gegin. Cododd hi i'w dychwelyd i'w chuddfan a chlywed y morgrugyn yn sgrialu ar hyd gwaelod y tun. Tynnodd hwnnw allan a'i adael i sefyll ar hanner cam ar gledr ei llaw. Syllodd arno a rhyfeddu at gywreinrwydd ei wneuthuriad. Morgrugyn? Roedd yna bethau na allai Hannah Jane mo'u dirnad.

Ni fynnai alw enw'i gŵr unwaith eto rhag ofn i'w galwad atseinio'n ddiateb drwy'r tŷ. Gadawodd i'w llygaid symud yn araf ar hyd tirlun yr ystafell gan obeithio y gwelai rywbeth a fyddai'n cynnig rhyw sicrwydd iddi am leoliad ei gŵr. Agorodd ddrws y cyntedd a gweld nad oedd ei got orau yno, na'r hen fantell frethyn honno yr oedd e mor hoff ohoni.

Aeth yn ei hôl i'r parlwr a thrwyddo i'r gegin. Ceisiai feddwl pa drywydd y byddai'i gŵr wedi'i ddilyn. Weithiau byddai'n dod o'r Crindy ac yn gweithio swper iddo'i hun cyn dod i'r gwely. Ond doedd dim golwg o weithgaredd felly yno. Gwyddai pa mor fympwyol y gallai Ned fod a gwyddai hefyd gymaint oedd meddwl

Myfyr ohono. Ni fynnai ystyried ei fod wedi cael ei hudo gan storïau hwnnw a'u bod ill dau'n troedio'u llwybrau yn ôl i Gymru.

Roedd Owain wedi sôn ganwaith wrthi am ei freuddwyd o ddychwelyd i Lanfihangel Glyn Myfyr. Roedd wedi darlunio Tyddyn Tudur iddi fel ei bod yn nabod pob carreg, pob erw, pob awel a phob anadl o'r lle, er na throediodd tu hwnt i ffiniau'r ddinas erioed. Ond gwyddai hefyd taw siarad yn ei ddiod oedd llawer o hynny. Dywedodd y câi gerdded y caeau bob dydd, eistedd dan gysgod y dderwen fawr yng nghornel Cae Twll Mwg a rhedeg ei bysedd yn rhigolau'r llythrennau a heintiai'i rhisgl, rhoi ei thraed yn nŵr afon Alwen a theimlo'r brithyll yn eu cosi, y caent fynd am bicnic i Waun Clocaenog a chamu i'r cylch cerrig hynafol tan i'r tylwyth teg ddod i'w hel nhw oddi yno. Câi ddangos iddi olion y saith hafoty oedd y naill ochr a'r llall i Nant Criafolen a dysgu enwau'r adar oedd yn nythu yn eu meini mud. Âi â hi i Faen Cleddau a chaent wylio'r haul yn machlud uwch Carnedd y Filiast. Caent waredu budreddi Llundain o'u cyrff a'u crwyn nes ei bod hi a'r plant yn Gymry.

Teimlai'r baban yn symud y tu mewn iddi. Roedd tawelwch y tŷ wedi'i hargyhoeddi bod ei gŵr wedi gadael. Daeth ton o ddicter drosti wrth feddwl ei fod wedi troi'i gefn arni a hithau yn y fath gyflwr. Roedd Hannah Jane wedi arfer â chaledi ar hyd ei hoes ac ni châi ei brifo'n rhwydd, ond roedd ei ymadawiad yn pwyso arni fel carreg. Ildiodd i'w absenoldeb. Dechreuodd wylo'i siom. Roedd hi wedi'i garu yn fwy na neb na dim arall erioed. Fe'i swynwyd gan ei frwdfrydedd dros iaith a diwylliant nad oedd ganddi'r un amgyffred amdanynt. Fe'i hudwyd gan gymaint iddo fuddsoddi o'i amser a'i egni i geisio'u gwarchod. Heb yn wybod iddo, dysgodd ei eiriau, eu seiniau'n cosi ei thafod. Arferai eu hynganu'n ddiystyr wrth frwsio'i gwallt nes bod ei dweud clymog yn llifo'n rhwydd. Daeth ei storïau ef yn storïau iddi hithau a byddai'n eu rhannu â'r fechan wrth iddi ei hannog i gysgu.

Ni allai ddeall na fyddai wedi gadael neges, ychydig o eiriau ar bapur i egluro'i ddiflaniad. Er ansicred oedd ei darllen, fe fyddai'n gallu dehongli trywydd eu cystrawen.

Penderfynodd fwrw am y gweithdy. Disgynnodd ar hyd y grisiau pren. Roedd y cypyrddau tal yn llawn crwyn anifeiliaid o bob math. Hongiai sisyrnau, cribau a llafnau'n llonydd ar eu bachau. Roedd pob un yn eu lle. Un felly oedd Myfyr. Hoffai drefn. Agorodd Hannah Jane ddrws y swyddfa gan ddal i obeithio y gwelai ef yno wrth ei gyfrifon. Roedd honno yr un mor wag â gweddill yr adeilad. Roedd ei lyfr cownt ar agor a rhesi o rifau wedi'u gosod yno yn ei lawysgrifen dwt. Cyffyrddodd ei bys â'r inc a gweld ei fod cyn syched â rhaff grogi. Caeodd y llyfr. Gadawodd bopeth arall fel ydoedd. Caeodd ddrws y swyddfa.

Synhwyrai fod yna ryw bresenoldeb yn yr adeilad. Bwriodd gip ar hyd y coridor ond doedd dim i'w weld. Clywodd ddrws y gweithdy'n gwichian. Gwaeddodd,

'Ifan, ti sydd yna?'

Arferai hwnnw gyrraedd yn fore yn aml. Ond doedd dim ateb i'w chwestiwn. Nesaodd at y drws a gweld ei fod ar agor. Camodd drwyddo a theimlo oerfel cynnar yn ei phinsio. Tynnodd ei siôl yn dynnach amdani. Roedd Tafwys yn dechrau bwrw'i chwsg. Canai rigin y llongau fel clychau eglwys wrth i darth y bore hawlio glannau'r afon.

Clywodd sŵn traed yn nesu. Gwelodd siâp yn agosáu ati. Edrychai fel carreg i ddechrau, fel maen sefyll yn symud. Yn araf, ymddangosai amlinelliad cyfarwydd iddi. Gwelai ben ac ysgwyddau. Cyflymodd ei chalon. Symudodd tuag ato. Myfyr oedd yno. Gafaelodd y ddau yn ei gilydd yn dynn. Gosododd ei phen yn ysgafn ar ei ysgwydd. Teimlodd ei ddagrau'n lleithio'i thalcen.

'Roeddwn i'n ofni eich bod wedi dychwelyd adra.'

'Mi wnes i.'

Safodd y ddau yno wrth lannau'r afon, ac er eu bod wedi bod yno droeon, ymddangosai ei chân yn lleddfach nag y gwnaeth erioed o'r blaen. Sylwodd Owain ar ei atgofion yn cael eu cario gan ei llif, ei ddyddiau'n mynd o'i afael yn ei thrai. Tynnodd ei got oddi amdano a'i gosod yn fantell am ysgwyddau ei wraig. Teimlodd honno ei chynhesrwydd yn cau amdani.

'Ydi Ned wedi mynd?'

'Do, welwn ni ddim mohono eto. Mae'r stori wedi darfod. Mae hi wedi cael ei dweud.'

'A gawsoch chi'r gwirionedd ganddo?' gofynnodd hi.

'Gwirionedd?' meddai Myfyr gan adael i'r gair gwympo i mewn i ddŵr tywyll Tafwys.

Gwyliodd y ddau wrth iddo ddiflannu gan adael dim ond swigod i nofio ar wyneb yr afon.

'Pwy a ŵyr beth yw peth felly?'

Gafaelodd Hannah Jane yn llaw ei gŵr. Sylwodd ar y cwt yn ceulo ar gledr ei law a'r croen o'i amgylch yn dyner.

'Y gwirionedd sy'n creithio, dim ond cleisio wna'r anwiredd,' cynigiodd hi.

'Os felly, dim ond gwirionedd gawson ni ganddo a hwnnw'n creithio at fêr ein bodolaeth. At ein bywyn. Fu neb yn fwy triw na Ned. Neb yn fwy cywir ei fwriad. Neb yn fwy gwir.'

Tawelodd y ddinas hyd at fudandod, distawodd ei mynd a dod, tawodd ei churiad cyson a chlywodd y ddau sŵn traed Ned yn gadael ei chyffiniau, yn troi o'i stori ac yn cyfeirio sha thre. Deuai eu sŵn trwy wythiennau'r ddinas. Gwrandawon nhw gan glywed atsain pob cam, eu pitran patran fel cawod o law. Parodd rhyw ddewiniaeth ffisegol i'r ddaear oedi ar ei hechel tra bod camau Ned yn prysuro ar eu taith. Heibio Tŷ'r Cyffredin, dros Bont Llundain, heibio Eglwys Sant Paul, heibio i Ludgate Hill, heibio i'r Ardd Gwfaint a Pall Mall, heibio i Piccadilly a Paddington at gyrion gwyrdd y ddinas. Clywsant sŵn ei anadlu'n troi'n iachach, yn rhwyddach wrth iddo adael bryntni Llundain y tu ôl iddo. Rhyw sŵn un tro sy'n y traed a'r gwadnau'n sibrwd stori newydd. Tawelai'r pellter rhyngddo a Myfyr fesul cam. Tawodd sŵn ei draed fel petaent wedi diflannu dros ddibyn wrth i'r drefn ffisegol gydymffurfio'n ymgreiniol. Llyncwyd ei gamau gan dwrf y ddinas yn dihuno nes eu bod yn ddim ond awgrym.

'Gwell i mi fynd at Catherine, fe fydd hi'n siŵr o alw amdanom cyn bo hir.'

Gadawodd Hannah Jane a dychwelyd i'r tŷ trwy fynedfa'r gwaith. Oedodd am eiliad i edrych ar yr arwydd crand uwchben y drws. Darn o farmor a'r geiriau wedi'u cerfio'n ddwfn ynddo. Er na allai ddarllen rhyw lawer, gwyddai ystyr y geiriau aur,

OWEN JONES, CRWYNWR

'Mor annigonol yw'r disgrifiad hwn ohono,' meddyliai wrthi'i hun.

Clywodd Myfyr rai o'i weithwyr yn cyrraedd. Cariodd yr awel eu cyfarchion Cymraeg ato. Gwenodd.

Dwy uchenaid a roesom
A dorrai'r rhwym dur yrhôm.

Trodd ac aeth ati i ail-greu ei hun ddefnyn wrth ddefnyn yno wrth lannau Tafwys.

Daeth yn ôl i'r parlwr a gweld bod marwydos olaf y tân wedi diffodd. Doedd dim ar ôl ond lludu llwyd a gweddillion papurau Ned yn gorwedd yno a'u hymylon wedi'u llarpio, fflamau'r tân wedi diosg eu hystyr gan adael rhyw ychydig frawddegau'n weddwon yn eu hamdo du. Cynigiai pob un fap gwahanol a'u harfordiroedd yn rhai na fedrai Owain eu cyrchu.

'Ble gollon ni ein ffordd?' meddyliodd.

Chwiliodd rhwng y lludu. Roedd olion y geiriau i'w gweld yno fel ffosiliau. Craffodd ar ambell air neu eiriau'n gwlwm â'i gilydd. Bob tro y codai ddarn o bapur, dadfeiliai hwnnw'n llwch yn ei ddwylo:

egino yn ein daear… ar gledr ei law… Gwri, gwarchod y nodyn â'th holl nerth… cymer y fantell hon… Siwrne dda i ti… Glaniodd brân… frau yr edau hon… Beth weli di?… Pa ddewiniaeth?… Sylwodd ar graith… Crawc, crawciodd… glywed ôl dy draed… am mai gwir yw dy enw… Brân, cymer ein cân… ddei di o hyd i'r gwirionedd…

Cododd ddarn o bapur a hwnnw wedi'i losgi bron yn ddim. Dechreuodd ddarnio a briwsioni. Sylwodd ar ynys o wynder yn ei ganol a'r gair 'gwirionedd' wedi'i ddiogelu rhag y fflamau. Gafaelodd ynddo gan achosi i'r düwch o gwmpas y gair gwympo fel eira du. Diflannodd gweddillion y papur o'i afael gan adael dim ond ôl lludu ar ei fys. Rhwbiodd ei fawd ynddo i gael ei wared ond llwyddodd yn hytrach i'w yrru'n ddyfnach i rigolau olion ei fysedd gan godi cymylau stormus rhwng bys a bawd, fel amlinelliad brân.

Trodd o'r pentan a thristwch y geiriau marw. Sylwodd fod parsel bychan ar y ford ginio nad oedd wedi'i weld o'r blaen. Roedd rhuban coch wedi'i glymu amdano'n dwt. Datododd Myfyr hwnnw a chanfod carreg ynddo, maint bwlyn drws, yn drwm fel absenoldeb.

Craffodd arni. Roedd awgrym o lawysgrifen wedi'i chrafu i'w hwyneb. Mwythodd hi. Ond ni ddatgelodd ei chyfrinach fud.

Yno ar y llawr roedd y darn o frethyn llwyd a ddefnyddiwyd gan Ned i gario'i lawysgrifau i Lundain. Symudodd Owain ef â'i droed fel petai'n troi corff anifail marw. Gwelodd fod un darn o bapur wedi'i gadw rhag y tân. O'i godi, sylwodd fod ei ddau wyneb yn lân. Edrychodd ar ei wraig yn magu'u plentyn cyntaf a churiad calon eu hail blentyn yn ddygn oddi mewn iddi. Tynnodd ei law ar hyd wyneb y papur ac aeth ati i'w lenwi gyda'i eiriau ei hun.

Cydiodd yn y fechan oddi wrth ei wraig a'i chymryd i'w arffed. Gwenodd arni'n gariadus, a chyn i ryfyg neu ryfel ei blino dechreuodd gyfannu'r stori…

Unwaith bu gŵr heb enw

Oedodd Gwri wrth lan yr afon am rai munudau. Er iddo graffu, methai weld dim mwy o ôl y dyn dofi morgrug a'i gi ffyddlon. Trodd oddi wrth sŵn y dŵr a cheisio canfod ei gam at olau dydd. Gwelodd lwybr o'i flaen a dilynodd hwnnw. Goleuodd y goedwig, teneuodd y nenfwd o ddail ac ysgafnhaodd y cysgod. Daeth, mewn dim o dro, at derfyn y goedwig a gweld cae gwyrdd o'i flaen a hwnnw'n cynnal buches o wartheg bodlon eu golwg. Roedd gwedd gyfarwydd i'r tirlun a gwelai fwg yn codi yma a thraw mewn ambell annedd. Anelodd drwy ganol y gwartheg at fwlch yn y clawdd yn y pen arall. Ni thrafferthai'r un creadur symud o'i herwydd. Cyrhaeddodd y bwlch a gweld plasty yn y dyffryn islaw. Cyflymai ei galon a chredai bron yn siŵr taw yma roedd ei gartref. Prysurodd drwy'r tir glas a dod at olwg yr adeilad.

Roedd y porth mawr ar agor a sylwodd ar lenni un o'r llofftydd yn chwifio trwy'r ffenest. Gadawodd i'r olygfa dreiddio i'w fêr ac yn y mannau hynny lle roedd ei gyhyrau wedi cyffio teimlai gynhesrwydd yn cydio amdanynt. Ystwythodd a chyflymodd ei gamau.

Camodd trwy'r porth mawr a chlywed sŵn ei sodlau'n atsain fel carnau ceffyl wrth iddo droedio ar hyd llawr teils clai y cyntedd. Disgwyliai glywed ei fam yn agor un o'r drysau a chamu draw i'w gyfarch a'i gofleidio, gofyn iddo ble fuodd e a'i siarsio i ddiosg ei ddillad teithio cyn swper.

Agorodd y drws lle arferai ei fam bwytho'i thapestrïau. Gwingodd colfachau'r drws derw. Camodd dros drothwy'r ystafell. Roedd un o dapestrïau ei fam ar ei hanner ac edau a nodwydd yn hongian yn llonydd wrth ochr y ffrâm. Nesaodd ato. Cipiwyd ei ana'l wrth iddo astudio manylder ei gwaith. Yng nghanol y ffrâm roedd derwen a brân yn clwydo ar un o'i brigau gydag edau aur yn ei phig. Roedd byddin o forgrug yn addurno'r ymyl. Gwelodd dwmpath a charreg sefyll. Gwelodd orsedd â thwll yn ei chanol, afon a'i llif yn ffyrnig, llygad tywyll a'i gannwyll yn ddwfn fel ogof a gwelodd ef ei hun yn dychwelyd trwy'r porth mawr. Yno hefyd, ar ei hanner, roedd telyn a bysedd meinion yn tynnu'r tannau.

Gadawodd yr ystafell fechan a mynd i chwilio am ei deulu. Galwodd o'r naill ben i'r llall. Clywodd ei lais ei hun yn meddiannu'r tawelwch. Daeth dwy forwyn i'r golwg ac edrych yn amheus arno. Clywodd sŵn traed yn rhedeg o ben pellaf y plasty ac yna'n arafu wrth nesáu ato. Trodd a gweld taw Ifan oedd yno, un o'r gweision hynny oedd tua'r un oed ag e.

'Ifan? Ifan, ti sydd yna?'

Oedodd y crwt. Safodd hyd braich.

'Ifan?'

'Ni wn pwy ydych chi, syr, ac nid Ifan mohonof, er y bu i mi gyndad o'r enw hwnnw.'

'Pwy oedd e?'

'Tad-cu fy nhad, gwasanaethodd yma trwy'i oes tan iddo farw'n hen ŵr cyn fy ngeni i.'

'Rwyt yr un ffunud ag e.'

'Clywais ddweud felly. A chi, syr, mae golwg taith bell arnoch. A fynnwch fwrw'r nos yma?'

'Mynnaf. Nid dy wedd yn unig sydd o'r un anian â'th deulu. Rwyt yn garedig iawn. Ble mae arglwydd y lle hwn?'

'Mae yntau ar daith. Ond mae disgwyl amdano.'

'Sut un yw e?'

'Ni welais erioed mohono. Gwri Goleuwallt yw ei enw. Bu ar daith cyn fy ngeni i. Ond deallaf taw dyn da yw ef a'i natur o blaid ei bobl.'

'Ond os nad wyt wedi'i weld erioed, sut fyddi di'n gwybod taw fe fydd e pan gerddith 'nôl trwy ddrysau'r porth mawr?'

Meddyliodd y gwas ifanc cyn ateb cwestiwn y dyn dieithr hwn. Yna, dywedodd,

'Mae yna gist aur fechan yma a'i chwe wyneb yn addurn i gyd. Fe'i rhoddwyd i'm gofal. Mae gan ein harglwydd allwedd i'w hagor.'

Gwenodd Gwri. 'A fynni di ddangos y gist aur hon i mi?'

'Na fynnaf. Ni fynnaf ei rhoi i neb ond yr hwn sy'n geidwad yr allwedd.'

'A sut fyddi di'n nabod yr allwedd fechan hon, was? Pa nodwedd fydd iddi i'w dangos yn ots i bob allwedd aur fechan arall? Onid oes degau neu gannoedd ohonynt? A sut gwyddost nad rhyw dwyllwr fydd yn dod yma'n ceisio cael ei ddwylo ar gyfoeth y tiroedd hyn?'

Edrychodd y gwas i fyw llygaid y dyn dieithr a'i fantell o frethyn.

'Fe'i hadnabyddaf,' atebodd yn urddasol.

Agorodd Gwri ei fantell a'i thynnu oddi ar ei ysgwyddau. Estynnodd ei ddwy law at ei war a datod y gadwyn i ddatgelu allwedd fechan yn hongian fel lleuad fedi. Daliodd hi'n fregus rhwng bys a bawd.

'Ai hon yw hi?' gofynnodd Gwri.

'Ni fedraf weld.'

'Cama ataf.'

Camodd y ddau'n nes at ei gilydd. Ni fedrai Gwri weld yr un nodwedd hynod ar aur moel yr allwedd.

'Gosodwch hi i orwedd ar gledr eich llaw,' gorchmynnodd y gwas ifanc.

Gwnaeth Gwri yn ôl ei ddymuniad. Agorodd ei law chwith a rhoi'r allwedd i orffwys ar ei chledr.

Bwriodd y gwas ei olwg ar yr aur. Crwydrodd ei lygaid a sylwodd ar graith dyner yn addurno bawd y teithiwr, yn union fel yr esboniodd yr arglwyddes wrth ei gyndad, ei hôl fel amlinelliad brân. Heb godi ei olygon, dywedodd,

'Dychwelsoch, arglwydd.'

'Gwri wyf. Ni fynnaf iti 'ngalw'n arglwydd.'

'Gwn eich enw. Gwri ydych am mai gwir yw eich enw. Fe af i moyn y gist.'

Trodd y gwas ar ei sawdl a rhedeg at ben draw'r cyntedd gan ddiflannu heibio'r gornel. Eiliadau wedyn, daeth yn ei ôl yr un ffordd yn dal cist aur fechan yn ei ddwy law. Estynnodd hi i Gwri.

Edrychodd yntau arni yn yr un modd ag yr astudiodd y gist a dynnwyd o'r ddaear. Gwelodd yr un gatrawd o forgrug yn gorymdeithio'n gylch o'i hamgylch. Gwelodd yr un creaduriaid wedi'u hoelio i'r aur. Rhedodd ei fysedd dros ei hwyneb. Ffeindiodd y twmpath bychan a'r colfach yn ei ddal yn ei le.

Cododd y twmpath i ddatgelu'r twll clo. Agorodd Gwri'r caead â'i allwedd. Ni wyddai beth i'w ddisgwyl. Ni fynnai gael ei siomi eto. Edrychodd i mewn i'r gist. Yno roedd y gragen malwoden harddaf a fu, ei phatrwm a'i ffurf yn gerdd. Yn garcus, cododd y gragen a'i rhoi ar gledr ei law. Teimlodd hi'n ei gosi'n ysgafn. Gosododd hi wrth ymyl ei glust a chlywodd yr un nodyn ag a glywsai yn ei lasoed. Gwenodd.

'Daethoch sha thre.'

Gwenodd y ddau ar ei gilydd. Gafaelodd Gwri yn y gwas a'i dynnu i'w fynwes. Daliodd e'n dynn.

Hydreiddiodd holl bellter ei daith rhyngddynt.

***

Flwyddyn a diwrnod yn union ers ei ddychweliad, roedd Gwri'n gweithio wrth ei gnydau pan ddaeth ei was ato a'i wynt yn ei ddwrn.

'Mae telynor dall wedi cyrraedd yma, Gwri. Mae e'n cynnig

ei gân i chi. Dywedais wrtho eich bod allan yn y caeau ac na fynnwch gael eich poeni.'

Cododd Gwri o'i lafur gan ymestyn o'i gwrcwd yn araf. Trodd i edrych ar waith y bore. Roedd wedi gosod pedair rhych o lysiau. Roedd hi'n amser cinio, meddyliai, ac nid drwg o beth fyddai alaw telyn yn gwmni i'w ymborth. Nid oedd wedi canu'r delyn ers iddo adael ar ei daith. Roedd tynerwch y graith ar ei fawd yn dal i'w boeni a theimlai gryd cymalau'n cyffio'i fysedd.

'Dwed wrtho fod yna groeso iddo yma a chaiff gig a gwin yn gyfnewid am ei gân.'

'Gofynnaf am le wedi'i osod iddo wrth y bwrdd,' atebodd y gwas.

Pan gyrhaeddodd Gwri'r neuadd roedd y telynor wrthi'n paratoi yng nghornel yr ystafell. Gwyliodd e'n tynhau ac yn llacio'r tannau gan dynnu sain perffaith ohonynt. Ni ddywedodd Gwri air ac aeth i eistedd yn dawel wrth y bwrdd yn gwylio'r telynor dall yn paratoi. Symudai hwnnw o gwmpas yn gwbl ddilyffethair fel pe bai wedi mesur pob modfedd o'r byd o'i gwmpas yn berffaith. Wedi iddo dynhau'r tannau eisteddodd a gosod y delyn yn dwt yn ei gôl.

'Ydych chi'n barod i mi ganu i chi, arglwydd?' gofynnodd.

Er mor dawel oedd ei lais, crynodd y neuadd wrth i'w eiriau chwalu'r llonyddwch. Oedodd Gwri cyn ateb gan edrych o'i gwmpas i wneud yn siŵr taw ato fe yr anelwyd y cwestiwn. Gwelodd taw dim ond y ddau ohonyn nhw oedd yno.

'Fe fyddai hynny'n plesio,' atebodd.

Dechreuodd y telynor ar ei alaw. Agorodd yn dawel fel petai glöyn byw yn hedfan o flodyn i flodyn. Symudai'r dôn yn dyner o nodyn i nodyn gan wanwyno'r ystafell. Cyflymodd yr alaw a phrysurodd bysedd y telynor yn ddi-feth o dant i dant. Neidiai ei fysedd yn sionc ar hyd llinynnau'r offeryn a chreu'r synau mwyaf hudolus a glywsai Gwri erioed. Ni allai symud am i'r alaw ei feddiannu gymaint. Treiddiodd i bob genyn o'i gorff.

Consuriodd y telynor gân adar y goedwig o'i ddwylo medrus. Cyflymodd a chyflymodd gan rwymo'i nodau'n dynnach o amgylch Gwri. Sylwodd ar fysedd meinion y telynor a'r man geni oedd yn gwrido'i fawd. Yn ddiarwybod iddo roedd yr alaw wedi denu'r gwas a'r ddwy forwyn i'r neuadd a safent yno'n rhyfeddu at ddawn y cerddor. Yna, arafodd ei alaw a thynnodd y telynor ar linyn oedd yn rhy dynn i'w gyffyrddiad crefftus. Torrodd a thawelodd yr offeryn.

Cododd y telynor ac ymuno â Gwri wrth y bwrdd. Dechreuodd y ddau fwyta. Sylwodd Gwri ar allu'r llanc dall i godi'i fwyd yn gywir a'i estyn i'w geg yn awchus. Bwytawyd y cyfan ond am y darn cig a adawyd yn oer ar blât y llanc.

Gwri oedd y cyntaf i siarad.

'Ble ddysgaist ti ganu fel hyn?'

'Fy mam fu'n athrawes i mi.'

'Bu'n athrawes dda. Hi ddysgodd y gân honno i ti hefyd?'

'Ei chlywed hi yn ei chanu wnes i.'

'Pwy oedd dy fam felly?'

'Ni fu enw iddi hyd y gwn i. Mam fuodd hi i mi erioed.'

'Oedd hithau'n ddall fel wyt ti?'

'Dall y ddau ohonom, arglwydd.'

'A thithau? A oes enw i ni dy ganmol?'

'Ni chefais nac enw na thylwyth, na bro, na braint. Ond cefais gân a'r gallu i'w chanu.'

'A beth fynni di gennyf fi?'

'Arglwydd, nid oes dim a fynnaf. Deuthum yma i gynnig fy nghân i chi.'

'Gwnaethost yn iawn a da gennyf glywed dy gân. Ni allaf gynnig na bro na braint yn dâl, ond rhoddaf enw i ti.'

Cododd Gwri a chroesi at y telynor. Gafaelodd yn ei ddwylo ac edrych arnynt yn ofalus.

'Beth weli di, arglwydd?'

'Ni welaf ddim. Gennyt ti mae'r ddawn i weld.'

Craffodd Gwri ar ddwylo'r telynor a sylwi bod y man geni gwritgoch wedi tywyllu'n ddu wrth i'w ddwylo dynnu ar y tannau. Edrychai fel amlinelliad o frân yn esgyn ar adain. Dechreuodd Gwri adrodd stori, ei stori ef, i'r cerddor ifanc, ac wedi i'r dweud beidio sibrydodd,

'Brân.'

'Bu i mi enw, arglwydd.'

Trodd Gwri at ei was ffyddlon.

'Cer i moyn y fantell.'

Gwnaeth fel y gorchmynnwyd iddo.

Gwisgodd Gwri'r fantell frethyn am ysgwyddau'r telynor, a chododd yntau i'w derbyn amdano.

'Brân, cymer ein cân a gwisg hi. Siwrne dda i ti.'

Trodd yr henwr, croesi yn ei ôl ar draws y cyntedd a diflannu trwy un o'r drysau. Gwrandawodd Brân wrth i drywydd ei gamau bylu'n furmur, yna'n ddim. Trodd yntau a chamu ar ei daith eilwaith gan adael i'w absenoldeb lenwi'r ystafell.

Dydd Llun, 16 Hydref 1808

Ai'r awel sy'n dychwelyd?

Cyrhaeddodd Ned 'nôl yn Wantage wrth iddi wawrio ar fore Llun. Bu'n cerdded yn ddi-baid am bron i ddiwrnod cyfan gan ddiosg tawch y ddinas fesul cam. Cosai ei draed yn eu blinder. Roedd sgwâr y dref yn wag ac yn dawel, heblaw am ambell frân yn crawcian croeso wrth i'r Cymro dieithr droedio'r strydoedd. Roedd hi'n dechrau goleuo. Croesodd at ffenest un o'r siopau a honno'n ffenest fae wedi'i gwneud o chwareli petryal. Roedd ei llenni wedi'u cau'n ddu a'r chwareli'n cynnig cyfres o adlewyrchiadau clir ohono'i hun fel petai amryw un ohono yno'n gwmni i'w gilydd. Syllodd i ddyfnder ei lygaid miniog. Gwelai fantell wedi'i chau'n dynn am ei wddf. Tynnodd yr het oedd amdano i ddatgelu llond pen o wallt cudynnog ar frych i gyd. Gwelai wyneb wedi'i greithio gan y gwynt a'r glaw a'i wefus yn ddolur. Symudai pob llun mewn cytgord. Yna, wrth iddi oleuo diflannodd yr adlewyrchiadau a gadael un Iolo yno'n wynebu'i hun. Cododd ei law a'i rhedeg ar hyd rhychau garw ei fochau. Esmwythodd ei wallt cyn dychwelyd yr het am ei ben a'i sythu. Yna, tynnodd hi'n gam eto. Chwythodd ar y chwarel a chydag ewin ysgrifennodd ei enw yn yr anwedd.

Aeth i eistedd ar fainc bren oedd wedi cael ei gosod tu allan i'r siop. Ac yntau heb fwyta braidd dim ers oriau lawer, teimlai'n ddigon penysgafn. Daeth awydd cysgu arno a dechreuodd bendwmpian. Caeodd ei lygaid a theimlo Wantage yn pellhau oddi wrtho fel petai'n edrych drwy lygad anghywir sbienddrych. Daeth Llundain yn gefndir iddo ac yna Trefflemin. Canfyddodd ei hun ym mharlwr Myfyr ac yna yn y Crindy. Daeth yn ôl i Wantage a'r eiliad nesaf cafodd ei gwmpasu gan ddrysfa o ddail a brigau. Teimlodd rywun yn tynnu'n ewn ar ei lawes. Ceisiodd eu gwthio oddi yno. Synhwyrai fod brân ar ei ysgwydd yn tynnu defnydd ei fantell yn rhydd fesul edau. Ceisiodd ei hel oddi yno. Ond daeth yn ôl ato a chrawcian yn flin yn ei glust. Gwelodd ei hwyneb o'i flaen yn sgleinio, ei phig fel petai'n cyffwrdd â'i drwyn. Ei llygaid duon yn ei gyfareddu. Ei hystumiau, y modd y daliai a throi ei phen, fel petaent yn ei ddynwared.

Neidiodd Ned ar ei draed. Roedd y bore wedi cyrraedd Wantage a phobl yn dechrau mynd i'w gwaith a chadw oed. Edrychodd o'i gwmpas ond ni welai neb na dim a fu'n ei boeni. Anelodd am Dafarn y Bear. Safai hwnnw'n llawn rhwysg i gyd ym mhen pellaf y sgwâr. Dychmygai taw yr un peth fyddai'r drefn yno'r bore hwn ag oedd pan fwriodd noson yno. Y tafarnwr trwyngoch yn arthio ar ei forynion a'r rheini'n sgathru mynd o'i flaen i dendio ar y trafaelwyr ceiniog a dimai.

Curodd yn drwm ar ddrws y Bear. Clywodd lais y gwestywr boldew yn cydio yn yr un rhigol swrth a diamynedd o groeso a estynnwyd iddo'r tro cynt, yn agor bolltau'r drws mawr ac yn amneidio ar Ned i'w ddilyn i'r man lle cadwai'r llyfr cownt.

Safodd yno gyda'i bluen ysgrifennu rhwng bys a bawd.

'Enw?' gofynnodd cyn i Ned gael cyfle i egluro'i neges.

'Grace.'

Rhewodd y stwcyn moel yn ei unfan. Cadwodd ei lygaid ar ei lyfr cownt gan wneud popeth i osgoi cyfnewid trem â'r teithiwr anghyffredin a safai o'i flaen. Ochneidiodd. Siaradodd heb godi ei ben.

'Mae'n rhy gynnar i chwarae gêm, gyfaill. Dau swllt am wely ar y trydydd llawr a'r hyn o ymborth y gallwn ei gynnig i ti drannoeth dy gwsg. Cymer e, gyfaill. Mae golwg taith bell arnat. Ond paid â threthu f'amynedd. Cei fod yn bwy bynnag y dymuni di fod, cyn belled â dy fod yn talu am dy le. Nawr, enw?'

'Ga i air gyda Grace?'

Ochneidiodd y gwestywr eilwaith a deall nad oedd yn mynd

i gael llawer o fusnes gan y llipryn hwn. Gosododd y bluen ar y ddesg. Siaradodd heb godi'i ben.

'Pwy?'

'Catherine? Grace? Beth bynnag yw ei henw hi.'

Ceisiodd Ned rannu'i stori gyda'r tafarnwr barfog. Eglurodd sut y bu iddo aros yno a chael sgwrs gyda'r ferch o dras Gymreig. Atgoffodd y boldew iddi ei arwain ef i'w ystafell a'i bod wedi oedi ennyd yno'n hel atgofion am ei thylwyth. Disgrifiodd hi. Ei llygaid duon. Ei gwallt tywyll. Synnai ei fod wedi anghofio cymaint amdani. Ni allai ddisgrifio'i hwyneb na chofio'i thaldra. Gwyddai taw un denau ydoedd a chofiodd am ei gwên.

Ar hanner ei draethawd, cododd y tafarnwr ei law i darfu ar lif Ned.

'Gyfaill, mae hyn yn hynod ddiddorol wy'n siŵr. Ond dyw e ddim yn ychwanegu ceiniog at fy nhafol arian i. Petai hanner yr hyn rwyt ti wedi'i ddweud yn wir, yna fe fyswn i wedi rhoi'r droed i'r forwyn benchwiban hon cyn y medret ti ddweud "asiffeta". Galla i dy sicrhau nad oes neb felly'n gweithio yma. Nawr, os nad wyt ti am brynu dim yma, dyna'r drws a gofala ei gau ar y ffordd mas.'

Ar hynny, cododd a dechrau gweiddi cyfarwyddiadau ar ei forynion. Rhedodd Ned ar ei ôl a gosod ei law ar ei ysgwydd. Ar hynny, trodd y tafarnwr yn filain a gwthio'i fraich dan ên Ned a'i hyrddio yn erbyn y wal.

'Gyfaill, dwi ddim yn un i amlhau geirie. Os bu hi yma erioed, mae dy ffliwsi wedi mynd. Rhof un cynnig arall i ti adael yr adeilad â'th hunan-barch yn ei le. Fel arall, mater bychan fyddai trefnu dy fod yn mynd oddi yma wysg dy din.'

Triodd Ned ryddhau ychydig ar ei afael, ond roedd y stwcyn yn rhyfeddol o gryf. Teimlai holl waed ei ben yn pwmpio'n wyllt.

'Gad… i mi gael… eiliad gyda… un o'r…' Llyncodd ei boer yn llafurus, '… morynion… fe gei di… gor… goron… am ei hamser.'

Llaciodd y boldew rywfaint ar ei afael ac amneidiodd ar Ned i ddangos ei arian. Aeth yntau i'w boced ac estyn un o'r coronau iddo'u hennill oddi ar y dyn gwneud castiau. Gwthiodd honno i law'r tafarnwr.

Rhyddhaodd hwnnw y Cymro o'i afael. Gwaeddodd ar un o'i forynion. Daeth honno'n syth ar redeg. Edrychodd y tafarnwr yn gam ar Ned gan gadw'i drem rhag llygaid y Cymro rhyfedd hwnnw a safai o'i flaen. Anadlai'n drwm. Cymerodd gam am 'nôl ac ochneidio.

'Cei ddeg munud o'i hamser a dim eiliad yn fwy. A dwi ddim eisie gweld dy wyneb yn agos i'r lle 'ma byth eto.'

Cyfeiriwyd Ned at un o'r ystafelloedd gweigion oddi ar y coridor hir. Dilynodd ef y forwyn ac eisteddodd.

Hi oedd y cyntaf i siarad.

'Gwn pwy y'ch chi, syr. Wedodd hi y bysech chi'n galw. Na fysech chi wrth eich 'unan. Y byddech chi'n dychwelyd "ag awel i'ch canlyn". 'Na beth wedodd hi. Soniodd amdanoch – y gŵr â'r llygaid gwyllt, 'na beth alwodd hi chi. Wedodd hi fod gennych y gallu i daro dyn yn farw gydag un edrychiad. Ro'dd hi'n un dda am weud stori. Credai rhai bod ynddi elfen gwrach. Ond do'dd hynny ddim yn wir. Ei cham o'dd ei dychymyg. Bydde hwnnw'n mynd yn drech na hi ar adege.'

Tawelodd. Yna edrychodd ar Ned.

'Mynnodd taw dewin oeddech chi, syr. Yn masnachu mewn straeon. Wedodd hi y buasech yn dod 'nôl amdani. Wedodd hi fod Cymru'n llawn ohonynt a bydden nhw'n dod 'ma i'n troi ni'n gerrig. Pob un ohonom. Dyna wylltiodd y mishtir. Er gwaethaf ei gyfarthiad, mae e'n ddigon ffeind i ni ar y cyfan. Ond da'th hi yma ryw fore ar ôl i chi ad'el a gweud eich bod wedi gosod swyn ar Wantage ac y byse brain yn dod yma'n un haid i ddwgyd ein plant ni. Stori o'dd hi. Ond fe wedodd hi fel petai'r efengyl yn ei dwylo. A gredech chi ddim beth ddigwyddodd nesa. Fe dda'th brân fowr ddu lawr y simne a thynnu cwmwl o huddyg ar ei hôl. Llenwodd y mishtir ei drowsus – ar fy marw. Welais i erio'd ddyn mwy gwelw ei olwg. Cyd-ddigwyddiad o'dd e. Ma pethe fel 'na'n digwydd withe.

Wel, fe chwerthon ni nes bod ein hasenne'n corco. Ond welodd e mo'r ochr ddoniol i bethe… a'i fod e wedi dwyno'i hun. Gollodd e ei hunan-barch o'n bla'n ni. Gas hi fynd. Ni'n dal i werthin amboiti fe… ond yn gweld ei hisie hi, cofiwch. Sdim byd gwell na stori ac o'dd dawn gweud 'da hi. O'dd lliged stori 'da hi… Peth od – chi 'mod… dychymyg.'

Holodd Ned am ei henw.

'Ni fu enw iddi y medra i ei gofio. O'dd hi'n newid pwy o'dd hi bron bob dydd. Ond o'dd hi wastad yn cadw'r un enw ar ei mam. Rhiannon. Gofia i fe gan ei fod mor anghyffredin. Do'n i ddim wedi clywed neb â shwt enw. Pert, cofiwch. Digon pert. "Brenhines y ceffyle," medde hi. Wedodd hi storis ambyti hi. Sai'n siŵr faint o wir o'dd iddyn nhw, on' jawch o'dden nhw'n gaf'el. Wi'n dal i'w cofio nhw. Ac o'dd 'i llaish hi'n cytjo ynoch chi. Siwrne o'dd hi'n dechre stori, do'dd dim modd jengyd.'

Holodd Ned am ei chartref.

'Sai wedi'i gweld hi ers iddi ade'l 'ma ar ôl busnes y frân.'

Dechreuodd biffian chwerthin.

'Wy'n dal i weld ei wyneb e, a'r deryn druan yn fflapan rown' y stafell. Ma'n nhw'n gweud bod brân yn dod â melltith ddrwg i'r tŷ. Ond so i'n credu 'ny. Ma rhai o'r merched yn gweud eu bod nhw wedi'i gweld hi draw wrth ochre'r pownd. Ewch hibo'r efel. Ma clwmp o go'd nes lan a hen furddun 'na yn eu canol. Sdim lot o foethusrwydd lan 'na. Ond ma'n do o fath dros ei phen. Duw a ŵyr ar beth ma hi a'r un bach yn byw. Ma hi'n bownd o fod yn ca'l nodd o'r cloddie ac ambell gwningen. Neu bod rhywun yn mynd ag ymborth iddi. 'Na shwt ddechr'uodd rhai o'r straes, chi 'mod, amboiti gwrachod a stwff fel 'na. Sneb yn siŵr iawn pwy yw tad y crwt. Rhai'n ame taw'r gof yw e. O'dd 'i lygad e arni… mynd â chwedle iddi. Ma lot o gleber ar hyd y lle. Ma pobl yn lico dodi cot fowr ar storïe.'

Gwaeddodd y tafarnwr amdani ond chyffrodd hi ddim.

'Gwedwch wrthi'n bod ni'n gweld 'i hisie hi. Ma fynte'n ei cholli

’ddi ’fyd. O’dd ’dag e rwbeth amdani. Gyfaddefith e fyth. O’dd hi’n dod ag awyr las i’w chanlyn. Yn dda i’r busnes. Smo fe’n lico sôn amdani. Yr unig reswm iddo ad’el i ni’n dou ga’l y sgwrs ’ma yw am fod eich ofan chi arno fe. Ma’r frân ’na wedi’i hala fe’n nyrfs i gyd. Ma fe’n trial rhoi’r argraff fod e’n ddyn mowr ond ma’i storïe hi wedi cytjo ynddo fe’n biwr. Gwedwch wrthi am ddod ’nôl.’

Gwthiodd Ned goron i’w llaw, yr ail o’r tair a enillodd oddi wrth y dyn gwneud triciau. Poerodd hithau arni a’i rhoi ym mhoced ei brat.

‘Sefwch funed.’

Diflannodd y forwyn am rai munudau tan iddi ddod ’nôl â phecyn wedi’i lapio mewn lliain i Ned. Derbyniodd yntau’i rhodd a throi o’r gwesty.

Wedi iddo adael yr adeilad, bwriodd am yr efail a’i thinc cyfarwydd. Gwelodd fod hanner uchaf y drws ar agor. Oedodd am eiliad a gweld y gof wrthi’n morthwylio, ei fraich yn codi ac yn disgyn mewn un symudiad cyson. Heb dorri dim ar ei drawiad, cododd ei ben i edrych ar Ned. Cydiodd eu llygaid yn ei gilydd. Oedodd Ned wrth y drws dau hanner. Tarodd ei ben drwy’r rhan uchaf a gweld y cyffion yn hongian yn ddifywyd ar fachyn. Amneidiodd atynt a gosod y goron olaf a enillodd yn Cannon Street ar dop rhan isaf y drws. Stopiodd y gof ei guro a chroesi i ’mestyn y cyffion oddi ar eu bachyn. Dododd y gadwyn ar yr einion a gaing ar un o’i dolenni. Gydag un trawiad â’i ordd fach, holltodd y ddolen yn ei hanner a chwympodd y ddwy fodrwy i’r llawr yn daran. Cynigiodd hwy i Ned a chymerodd y goron. Poerodd arni.

Fesul un, chwyrlïodd Ned y gefynnau uwch ei ben a chylchu ei gorff yn gyfan gyda phob troad. Wedi iddo godi digon o nerth drwy’r troi gorffwyll, gadawodd iddynt hedfan o’i afael a gwyliodd hwy’n diflannu dros frig cloddiau gan lanio’n ddigon pell oddi wrth ei gilydd fel na fyddai neb yn cael i’w pen y gellid eu huno byth wedyn. Yna brysiodd yn ei flaen wrth i’r morthwylio barhau yn yr efail, ei draed yn rhydd.

Cyrhaeddodd y clwmp o goed a ddisgrifiwyd iddo gan y forwyn yn y Bear. Er bod yr hin wedi dechrau noethi'r coed, roedd ei lwybr trwy'r ddrysfa goediog yn tywyllu fesul cam. Mewn ambell fan bu'n rhaid iddo fynd ar ei bedwar a llusgo'i gorff rhwng plethiad y canghennau. Brwydrodd trwy'r drysni a'r mieri tan iddo ddod at awgrym o lwybr. Dilynodd hwnnw nes iddo gyrraedd, er syndod iddo, at lannerch agored. O'i flaen roedd bwthyn bychan a'i do'n pantio. Croesodd trwy'r glaswellt a hwnnw cyn uched â'i bengliniau. Roedd pobman yn dawel. Ceisiodd edrych drwy'r unig ffenest ar wal ffrynt y bwthyn ond ni ddatgelai honno ddim o'i chyfrinachau.

Curodd ar y drws. Arhosodd. Ni fu ateb. Curodd unwaith eto. Yn galetach. Arhosodd. Dim. Roedd ar fin troi oddi yno pan glywodd sŵn canu y tu ôl iddo. Sŵn cân a'i halaw mor ysgafn â throi tudalen.

'Dy' Llun, dy' Mawrth, dy' Mercher,
  Fe es i whare â'r amser.
Fe dries wneud un dydd yn ddou,
Fe dries wneud un dydd yn ddou,
A throi dydd Iou'n ddydd Gwener.'

Trodd a'i gweld hi'n sefyll yno gyda phlentyn yn ei breichiau. Crwt penfelyn, tua thair blwydd oed, a'i ddagrau wedi golchi rhywfaint ar y baw oddi ar ei fochau gan adael eu hôl yn ffrydiau. Roedd ei fochau'n goch fel aeron egroes a'i ana'l yn dwym fel awel ganol ha'. Roedd hithau'n droednoeth a'i thraed bychain yn gadael dim ond yr olion tyneraf ar wyneb y ddaear. Olion a ddiflannai cyn gynted ag y'u crëwyd.

Agorodd hi ddrws y bwthyn ac amneidio arno i'w dilyn. Roedd tân yn llosgi'n fud gan gynnig rhywfaint o olau i'r annedd un ystafell. Roedd y llawr pridd yn bantiog. Tarodd Ned gip sydyn a gweld dim mwy na gwely, bwrdd a chadair. Rhoddodd y parsel a'r lliain amdano ar y bwrdd. Wrth iddo wneud, gwelodd luniau mewn pensil wedi'u tynnu ar hyd ei wyneb. Lluniau adar a'u henwau wedi'u hysgrifennu wrth eu hochrau. Lluniau coed, anifeiliaid a thrychfilod. Gwelodd lun morgrugyn ar hanner cam, yn union yr un ystum â'r un a roddwyd iddo gan y gof.

Pesychodd y bychan yn gras, ei lais yn grawc. Roedd ei lygaid yn glaf a'i gorff bychan yn crynu trwy erwinder ei beswch. Dechreuodd grio a cheisiodd hi ei gysuro trwy ganu iddo. Canodd am hen wraig fach â basged o wye yn mynd o Landeilo i Landybïe. Ac wrth iddi ganu am gwympo'r fasged fe blygodd gyda'r bychan yn ei breichiau gan dynnu gwên i'w wyneb. Clywodd Ned lais ei mam yn y pwt o bennill a leddfodd dostrwydd y plentyn am eiliad.

Aeth i ddatod y cortyn am y parsel a thynnu'r lliain yn agored. Roedd torth, darn o gig moch, dau afal coch, hanner cacen ffrwythau a photel fach o laeth wedi'u cyflwyno'n daclus. Estynnodd am gyllell boced a thorri'r dorth a'r cig yn sleisys. Holltodd yr afalau yn eu hanner. Cynigiodd hwy i'r ferch. Bwytaodd hi'r cig yn awchus gan dorri darnau ohono a'u rhoi i'w phlentyn. Torrodd Ned yr hanner afal yn ddarnau llai a'u rhoi i'r crwtyn. Gwenodd hwnnw arno, cymryd darn yn ei law fechan a'i estyn i'w geg.

Cydiodd hi ym mraich Ned a'i dynnu atynt. Rhedodd ei llaw ar hyd wyneb trwchus y ffaling hyd at y ffris blewog a addurnai'r ymylon. Teimlodd yntau wres y plentyn yn erbyn ei foch. Teimlodd ei dagrau hi'n wlyb ar ei wyneb. Trodd i'w hwynebu a chusanodd y cleisiau dan ei llygaid. Gadawodd hithau i'w bysedd lithro'n araf ar hyd wyneb y dolur a addurnai'i wefus, ei liw a'i olwg yn biws a chwyddedig fel eirinen aeddfed.

Aeth i boced cesail ei got a thynnu'r arian papur a gawsai gan Myfyr ohoni. Gadawodd Ned y saith papur deg punt ar ford y gegin. Roedd yn gyfwerth â'r hyn y buasai hi wedi'i ennill yn y Bear mewn saith mlynedd a mwy. Ni fu geiriau rhyngddynt, dim ond ystum ac amnaid, gwên a deigryn, cyffyrddiad a phellhau, dechrau a diwedd, atgof ac angof, eiliad ac oes a phryder a chysur. Dim byd ond dychymyg. Eu tawelwch yn iaith ynddo'i hun a'i llafariaid yn ysgafnach na'r awel; awel sy'n dychwelyd.

Daeth hi at y drws a'i weld yn diflannu hyd y llwybr a golau'r haul cynnar yn ei gyfeirio ar ei daith. Synhwyrodd ei siom a hwnnw wedi'i yrru'n ddwfn i'w gnawd, fel draenen, wrth i'w gamau digymar gleisio'r gwlith cyn iddynt gael eu dileu gan wres y dydd, fel rhwto marciau pensil mas ar bapur.

Saith cam ac roedd e wedi cyrraedd canol y ddrysfa o goed a ddaeth ag ef yno yn y lle cyntaf. Saith cam yn ei ryddhau i'r reddf gynhenid oedd ynddo i gyrchu golau.

Epilog

Yn ystod yr Ail Ryfel Byd, disgynnodd bom Almaenig ar fynwent All Hallows the Less, gan ddinistrio pob carreg ynddi, ac eithrio carreg fedd Owain Myfyr. Yn sgil hynny, penderfynwyd ei chludo, yn 1951, i lonyddwch Llanfihangel Glyn Myfyr. Mae i'w gweld yno heddiw, ym mhorth eglwys y plwyf. Erys gweddillion Owain Myfyr yn Llundain.

Dr Geraint Phillips, *Dyn Heb ei Gyffelyb yn y Byd*

Dydd Iau, 10 Hydref 1940

Am mai taith un waith yw hi

Dawnsiai gwyfyn o amgylch bylb noeth y golau. Gwyliodd Meirion ef yn hyrddio'i hun at danbeidrwydd gwyn y trydan, wedi'i ddal yn gaeth gan reddf gynhenid i gyrchu golau er mwyn ei gyfeirio ar ei daith. Er ei fod yn cael ei swyno gan ddawnsio gorffwyll y trychfilyn ehedog, gafaelodd Meirion ynddo a'i ollwng yn rhydd trwy ffenest yr ystafell. Gwelodd fod llwch ei adenydd wedi staenio'i law a sychodd hi ar ddefnydd glân ei grys gwyn.

Sylwodd ei wraig mor ddi-lun ydoedd a methodd frathu'i thafod.

'Meirion, dwi newydd olchi'r crys 'na. Oes rhaid creu gwaith?'

'Mae'n ddrwg gen i. Difeddwl ydw i.'

Tynnodd lyfr nodiadau o'i boced a dechrau cofnodi ynddo gyda'i bensil. Ymgollodd yn ei dasg. Dechreuodd chwifio'i bensil fel petai'n arwain cerddorfa. Meddiannwyd ei feddwl yn ddiweddar gan dôn ac iddi saith curiad i'r bar. Alaw â'i saith curiad cyson yn goleuo'i gof, ei sain yn rasio trwy gylchrediad ei waed fel cyffur, yn ffrwydro y tu mewn iddo. Alaw a allai hollti cyffion.

Yn y cefndir cyhoeddodd llais undonog newyddion diweddaraf y rhyfel. Eisteddai hithau'n darllen ei phapur a bwrw golwg bob hyn a hyn ar wyneb y cloc fel petai ar bigau'r drain. Disgwyliai iddyn nhw gael eu galw unrhyw funud i'r lloches danddaearol i'w diogelu rhag ffrwydradau'r Almaenwyr.

Caeodd ei phapur a chodi i edrych drwy'r ffenest. Roedd y ddinas rhwng dau olau a lliw coch y machlud yn cynnig cefndir trawiadol i'r adeiladau yn y pellter. Syfrdanwyd hi gan brydferthwch ei liw. Trowyd Llundain yn goch. Dringai'r gwyfyn yn ddigyfeiriad ar hyd chwarel y ffenest oddi allan yn ceisio canfod ei ffordd 'nôl trwy'r gwydr. Neu ai yntau'r gwyfyn ddaeth at y ffenest i'w gwawdio hi yn ei chell? Rhedodd ei bys yn gyfochrog â'i daith nes iddi golli golwg ar bwy oedd yn canlyn pwy. Dawnsiodd y gwyfyn ar wyneb y chwarel. Chwythodd hithau ei hanadl yn ysgafn gan greu niwlen ar ei hochr hi o'r gwydr. Gyda'i hewin ysgrifennodd y gair 'sori' yn ymddiheuriad i'r trychfilyn cyn troi o'r ffenest. Heb yn wybod iddi, rhedodd deigryn trwy'r anwedd a'i ôl yn nant sigledig, simsan rhwng ei llythrennau. Trodd y sori'n stori.

Aeth i nôl y petryal tapestri oedd ar waith ganddi. Er mwyn atgoffa'i hun o'i chartref roedd hi wedi gweithio llun o'r haul rhwng Carnedd y Filiast a Mynydd Perfedd a'i adlewyrchiad yn euro Marchlyn Mawr. Hongiai nodwyddau ohono fel pendiliau cloc. Dechreuodd bwytho'i chynefin yn fyw o'i blaen. Gwawriodd y grug yn borffor cynnes a chododd llwybrau'i gorffennol yn heintus trwy wead y defnydd.

Caeodd ei llygaid a chael ei hun yn rhedeg yn sgilti 'sgafndroed dros dirwedd ei thapestri. Ar hynny, canodd y seiren ei nad oerllyd ar hyd y ddinas. Edrychodd Meirion a'i wraig ar ei gilydd wrth i'r ubain hwn darfu ar eu heddwch. Diffoddodd yntau'r weirlas a chau ei lyfr nodiadau yn araf cyn gosod ei bensil yn daclus rhwng y meingefn a'r tudalennau.

'Gwell i ni fynd i chwilio am ein noddfa,' meddai gan osod ei law yn dyner ar fraich ei gymar.

Tynnodd hi edau aur trwy ddefnydd y tapestri ac yna'i dolennu'n rhan fechan o'i darlun mawr. Tynnodd yr edau'n dynn a gosod ei gwaith ar y bwrdd o'i blaen. Yn reddfol, croesodd yr ystafell i nôl ei chot olau gaberdîn. Helpodd Meirion hi i'w gwisgo amdani. Tarodd olwg arni ei hun yn y drych. Esmwythodd y rhimyn ffwr oedd o gylch ei choler a gweld menyw ar drothwy'i chanol oed ac ambell linell yn rhychu'i hwyneb. Sylwodd pa mor wyn oedd ei chroen. Oedodd am eiliad. Estynnodd am ei bag colur oedd ar y silff ger y drych. Paentiodd ei gwefusau'n goch a rhoi ychydig bowdwr ar ei bochau.

'Tyrd,' meddai hi wrth ei gŵr yn ddigon di-sut.

Roedd wedi agor ei lyfr nodiadau unwaith eto ac wrthi'n sgriblo rhai nodau cerddorol ar dudalen oedd eisoes yn haid ohonynt. Caeodd ei lyfr a'i daro ym mhoced cesail ei siaced frethyn.

Gafaelodd hi mewn dau obennydd oedd wrth y drws a charthen wlanen lwyd. Roedd sachell wedi'i gosod yno hefyd a'i llond o fwydach parod – brechdanau caws, dwy neu dair bisged, fflasg o ddŵr, dwy botel o gwrw, afalau a baryn o siocled. Tarodd Meirion y sachell dros ei ysgwydd ac estyn am y ddau fwgwd nwy. Oedodd hi. Trodd ac aeth yn ôl i mofyn ei thapestri oddi ar fwrdd y gegin.

Diffoddodd ef y golau a gadael y fflat mewn tywyllwch. Roedd ei dawelwch yn wahanol iawn i brysurdeb a phanig y stryd. Dal i swnio wnâi'r seiren. Gwaeddai pobl ar ei gilydd i symud yn eu blaenau. Roedd lampau mawrion yn goleuo'r wybren gan greu sioe o oleuni. Gafaelodd Meirion yn ei llaw a dechreuodd y ddau led-redeg at ben draw'r stryd. Roedd hwn yn batrwm cyfarwydd iddynt bellach. Anelon nhw at orsaf danddaearol Cannon Street a oedd rhyw bum can llath o'u blaenau.

Wrth iddyn nhw weu'u ffordd ar hyd y stryd, cynyddu wnaeth y dorf ac roedd cyrff yn taro mewn i'w gilydd yn eu hast. Oedodd Meirion am eiliad yng nghanol yr holl ruthr. Clustfeiniodd. Hon oedd y bedwaredd noswaith o'r bron iddyn nhw orfod chwilio am gysgod. Yn y pellter gallai glywed dwndwr dwfn awyrennau'r Almaenwyr yn agosáu at Lundain. Roedd eu sŵn bas yn gyfareddol, yn ddigon i grynu'r ddinas i'w seiliau. Eisoes roedd e'n gallu clywed sŵn gynnau'n cael eu saethu i gyfeiriad yr awyrennau. Fe'i daliwyd gan y symffoni o sain o'i gwmpas. Er gwaethaf yr arswyd roedd yna ryw swyn i'r seiniau dieithr a feddiannai ei fywyd bellach. Ystyriodd pa mor ddieithr oedd y synau hyn i'r hyn oedd yn drac sain i'w lencyndod yn Nyffryn Ardudwy. Caeodd ei lygaid a chlywai'r fronfraith yn llenwi'r dydd â'i chân, clywai'r dylluan yn croesawu'r nos a'r mochyn daear yn siffrwd drwy dyfiant gwyrdd y tirlun. Clywodd sŵn stori a'i geiriau'n dynerach na chusan. Roedd yn gas ganddo gael ei gaethiwo o dan ddaear fel rhyw dderyn mewn cawell ac yntau wedi arfer â rhyddid y meysydd a'r dyffrynnoedd 'nôl yng Nghymru. Roedd arogl a chwyn y gorsafoedd tanddaearol yn ddigon i godi cyfog arno.

'Meirion, Meirion, tyrd, mae angen i ni frysio,' meddai hi wrtho. Tynnodd ar lawes ei siaced frethyn.

Trodd yntau i edrych arni. Gafaelodd amdani a thynnu'i chorff yn dynn at ei gorff yntau i'w chusanu'n hir. Teimlodd ei llaw yn anwesu cefn ei ben. Blasodd ei minlliw ar ei wefusau.

'Dwi'n dy garu di,' sibrydodd.

'A minnau tithau,' atebodd hi.

Diffoddodd goleuadau'r George and Dragon a daeth y cwmni i ymuno â llif y dorf. Gwthiodd rhywun yn eu herbyn ac achosi iddynt gael eu hyrddio i ganol yr hewl.

'Gwell i chi'ch dau hastu,' meddai llais cryglyd Gwyddeles wrthynt, gan afael yn dyner yn ysgwydd Meirion, ond eto'n syndod o daer. Sylwodd yntau fod croen ei llaw cyn llyfned â phapur a synnodd rywfaint o'i gweld wedi'i gwisgo o'i chorun i'w thraed mewn gwisg ddu a'r hyn a ymdebygai i fêl dduach dros ei hwyneb.

'Mae'ch stori'n disgwyl amdanoch. Siwrne dda i chi.'

Wrth iddi ddiflannu yn y rhuthr gwyllt, dadblethodd ei geiriau annisgwyl yn edafedd rhydd y tu ôl iddi cyn i'w sillafau gael eu damsgen dan draed.

Law yn llaw, prysurodd y ddau i gyfeiriad yr orsaf danddaearol. Sgrechiai'r seiren ei chynddaredd byddarol.

'Damia'r ffycin rhyfel 'ma,' gwaeddodd Meirion nerth esgyrn ei ben.

Doedd hi ddim wedi arfer ei glywed e'n rhegi ac roedd ei felltithio'n fwy brawychus nag un o'r mil o fomiau oedd wedi cwympo ar Lundain yn ystod yr wythnos honno. Edrychodd o'i chwmpas a gweld yr holl ddinistr yno. Adeiladau â'u waliau ffrynt wedi'u rhwygo. Tai, swyddfeydd, siopau'n domenni. Pentyrrau o friciau ac estyll yn gymysg â phethau bob dydd trigolion y ddinas – llenni, cadeiriau, cypyrddau bwyd, hetiau capel, 'sgidiau gwaith a theganau. Llyfrau â'u tudalennau'n chwifio yn y gwynt, fel adenydd gwyfyn wedi'i ddal yn gaeth gan olau trydan. Roedd y cwbl yn un swp llychlyd, diwerth. Eu bywydau wedi'u chwydu'n ddigywilydd ar y stryd. Yn sgerbydau. Doedd rhyfel ddim yn parchu neb na dim.

Oedodd hi am eiliad a chodi ffotograff du a gwyn a fu'n cael ei ddiogelu gan fframyn pren tywyll a gwydr oedd bellach wedi'i falurio'n siwtrws. Wrth iddi ei godi, cwympodd y gwydr yn gonffeti i'r llawr. Llun priodas oedd e, a'r ddau wrthrych yn wenau llydan. Tynnodd y llun yn rhydd o'r fframyn briwedig a sychu'r dwst oddi ar ddillad gorau'r pâr priod. Dododd y llun yn y sachell.

Roedd dyn yn ei lifrai yn disgwyl amdanynt wrth geg yr orsaf.

'Dewch yn eich blaenau, chi'ch dau. Mae awyrennau'r Jerries ar eu ffordd. 'Newn nhw ddim aros amdanoch.'

Brysiodd y ddau trwy gatiau'r orsaf danddaearol a brasgamu i lawr y grisiau yn ôl cyfarwyddyd swyddog y gysgodfa. Fesul cam, gan ddal dwylo yr ymunon nhw â chwmni llu o Lundeinwyr eraill oedd yno'n eu disgwyl. Roedd mân siarad yn llenwi'r gwagle mawr o'u cwmpas. Roedd un o ganeuon Al Bowlly, 'There's Something in the Air', yn cael ei chanu gan rywun oedd wedi dod â gramoffon yno. Wrth iddo ganu am ddallineb ei gariad a thwyll llygaid, roedd cwpwl mewn gwth o oedran yn dawnsio'n araf i'r gerddoriaeth, ei phen hi'n gorwedd yn ysgafn ar ei ysgwydd dde a'u dwylo ymhleth. Roedd llygaid y ddau ar gau fel petaent yn cysgu.

Ffeindiodd Meirion a'i wraig gornel iddynt gael eistedd. Estynnodd hi at ei thapestri ac yng ngwawl musgrell eu hogof pwythodd aur yr haul yn olau dros ei byd. Roedd merch fach a'i mam yn eistedd ar eu pwys. Chwaraeai'r plentyn â doli fach gan gynnal sgwrs â hi. Siaradai'r ddwy am lan y môr a hel cregyn, am wlychu'u traed a chyfrif tonnau ac am godi castell a chanfod trysor. Bob hyn a hyn, oedai i ryfeddu at yr haul yn nofio yn nŵr oer Marchlyn Mawr, yr edau aur yn crychu'i wyneb yn dyner. Ymhen ychydig, trodd Meirion ati a gofyn,

'Be 'di enw dy ffrind bach, dwed?'

Dal i sgwrsio wnaeth y groten gyda'i chyfeilles fud.

'Ateb y dyn, Katy fach, wnei di?' siarsiodd y fam.

'O's enw gan dy ffrind?' holodd Meirion unwaith eto.

'Hannah,' atebodd y fechan o'r diwedd heb godi ei phen.

'Wel am enw del.'

'Peidiwch â chymryd llawer o sylw ohoni. Mae hi wedi mynd â'i phen i'w phlu ers i'w thad gael ei alw at yr achos. Mae'n anodd cael gair o'i chrombil weithiau. Er ei bod hi a Hannah yn bartneriaid mawr, cofiwch. O ble ydych chi'ch dau'n dod? Fe waranta i nad acenion y Bow Bells ydy'r rheini.'

'Mae'n anodd i ddyn guddio'i acen, dybiwn i. O ogledd Cymru mae'r ddau ohonom. Dwi'n gweithio fel cyfansoddwr yma yn Llundain. Ond ers i'r rhyfel ddechrau dwi wedi cael fy ngalw i wneud gwaith clercio yn y Weinyddiaeth Amddiffyn.'

'Cyfansoddwr, ie? A pha les yw peth felly?'

Disgynnodd rhyw letchwithdod rhyngddynt. Oedodd Meirion cyn ateb, yna cynigiodd,

'Mae angen cân ar bob un ohonom, hyd yn oed yn y dyddiau diawledig hyn.'

'Dewch i mi gael gweld eich dwylo.'

Gafaelodd y fenyw yn nwy law Meirion a'u troi i'w harchwilio'n fanwl. Credai Meirion ei bod yn disgwyl canfod rhai o gyfrinachau'r Almaenwyr rhwng rhychau'i groen.

'Does dim ôl gwaith ar y dwylo hyn. Dim ond rhyw gadi ffans sydd wedi'u gadael ar ôl. Tra bod ein bechgyn dewr yn peryglu eu bywydau ddydd a nos, ry'ch chi'n caboli â cherddoriaeth. Mae'n ddrwg iawn gen i ddweud wrthych chi ond ni wneith yr un nodyn cerddorol ein hachub ni rhag yr Almaenwyr. Bwledi a bomiau yw ein gwaredigaeth ni, mistar, nid crotjets a chwefyrs. Wn i ddim a ydych chi Gymry fawr gwell na'r Gwyddelod.'

'Mae'n ddrwg gen i ddeall eich bod yn teimlo fel hyn,' mentrodd Meirion, 'ond nid pawb sydd o'r un farn. Mae i gân ei gwerth hefyd.'

Ar hynny, crynodd waliau'r neuadd fawr gan sŵn bom yn disgyn rywle uwch eu pennau. Cwympodd llen o lwch fel cwymp eira o do'r neuadd. Tawelodd. Edrychodd pobl ar ei gilydd er mwyn canfod cysur yn yr ogof hunllefus hon. Dechreuodd ambell blentyn lefain a thorri ar y tawelwch.

Gan daflu ei ddwylo'n ôl ato, dywedodd y Llundeines,

'A pha werth sydd i'ch dwylo i'n hamddiffyn rhag yr erchyllterau hyn, dwedwch? Dy'ch chi ddim tamed gwell na conshi.'

Edrychodd Meirion arnynt a gweld bod y llwch wedi canfod ei ffordd o dan ei ewinedd. Gafaelodd ei wraig yn dynn amdano. Yn y distawrwydd a ddilynodd y ffrwydrad uwch eu pennau, gallai glywed ei chalon yn curo'n sydyn. Gwasgodd ei llaw.

Dyma Katy fach yn codi'i phen o blu ei mam a gwenu'n garedig ar y Cymry.

Dechreuodd Meirion fwmial tôn yn dyner, yna canodd i'r fechan.

'I may be right, I may be wrong,
But I'm perfectly willing to swear
That when you turned and smiled at me,
A nightingale sang in Berkeley Square.'

Dechreuodd ambell lais yma a thraw ymuno ag e wrth iddo ganu iddi.

'Our homeward step was just as light
As the tap-dancing feet of Astaire
And like an echo far away
A nightingale sang in Berkeley Square.'

Gwaeddodd ambell un ei gymeradwyaeth wedi i'r nodyn olaf

dawelu. Gwenodd Katy fach arno ac yna sibrydodd yng nghlust ei doli glwt. Sibrydodd honno'i hateb yn ôl.

'Mistar, wnewch chi ganu un arall i ni? Plis. Mae Hannah'n dweud ei bod hi'n hoffi chi.'

Edrychodd Meirion arni'n anwesu ei chyfeilles lipa. Gwenodd.

'Hoffet ti gân Gymraeg?' gofynnodd.

Nodiodd y ferch fach ei phen.

'Roedd Mam yn arfer canu hon i mi pan oeddwn yn hogyn ifanc yn Nyffryn Ardudwy. Mae fan'no'n siwrna bell iawn o fa'ma, gwyddost.'

Cliriodd ei lwnc ac yna tarodd nodyn gan adael iddo grynu'n dyner ar gledr ei law. Canodd.

'Aderyn pur a'r adain las, bydd i mi'n was dibryder,

O brysur brysia at y ferch lle rhoes i'm serch yn gynnar.

Dos di ati, dywed wrthi, 'mod i'n wylo dŵr yr heli...'

'Canwch rywbeth ry'n ni i gyd yn ei wybod, wir,' gwaeddodd un o gysgodion yr orsaf, 'rhywbeth cyfarwydd.'

'Mae Hannah'n dweud diolch,' meddai'r groten fach wrth ddal y ddoli glwt at ei chlust.

'Am beth mae'r gân, mistar?' holodd Katy wedyn.

'Mae'n sôn am ddyn sy'n gofyn i aderyn fynd â neges at y ferch mae'n ei charu. Hi yw'r ferch brydfertha a welodd ef erioed ac mae'n ei charu gymaint nes ei fod yn wylo amdani,' atebodd Meirion.

Aeth y ferch fach yn ôl i chwarae gyda'i phartneres glwt. Clymodd ei gwallt edafog â rhuban. Gosododd hi i eistedd wrth ei hochr. Trodd at Meirion a dweud,

'Ydych chi'n meddwl y medra i ddysgu aderyn i fynd ar neges at fy nhad i ddweud fy mod yn gweld ei golli a 'mod i'n ei garu?'

Safodd Meirion cyn ei hateb. Yna mentrodd,

'Dwi'n siŵr bod dy dad yn meddwl amdanat bob dydd ac yn clywad dy eiriau ble bynnag y mae o.'

'Disgw'lwch, mae Mam wedi gwneud clogyn nyrs i Hannah.'

Estynnodd y fechan fantell las i Meirion. Roedd ôl gwinio taclus ar y brethyn glas garw, a chroes goch ar gefndir gwyn wedi'i gosod yn dwt ar gefn y fantell. Botwm bychan oedd yn ei chau. Cynigiodd y fantell yn ôl iddi. Gwisgodd Katy hi am ei doli glwt.

'Wnewch chi gau'r botwm i mi?' gofynnodd yr un fach gan ei hestyn i Meirion.

Sylwodd ef wedyn bod plet yn y defnydd a bod ei liw fel lliw trowsus peilot yr awyrlu. Caeodd y botwm ac wrth iddo wneud suddodd pigyn yn ddwfn i'w fawd.

'Damia,' melltithiodd Meirion a sylwi ar belen o waed yn crynhoi ar wyneb y croen.

'Mae'n ddrwg 'da fi, syr, mae'n rhaid bod Mam wedi anghofio tynnu un o'r pinnau. Gawsoch chi loes?'

Edrychodd Meirion arni ac ar y gwaed oedd wedi staenio'r brethyn glas.

'Naddo, fy mechan i. Dim loes.'

'Bydd yn rhaid i mi alw'r nyrs atoch chi,' atebodd hi gan chwerthin.

Edrychodd ar Meirion a'i wraig a dechreuodd y tri ohonynt chwerthin yn iach. Wedi rhai eiliadau, trodd y ferch fach at gymar Meirion.

'Wyddoch chi'r gân Gymraeg 'na ganodd eich cariad? Wel, sut mae sgrifennu'r gair cyntaf? Fedrwch chi 'nysgu fi?'

'Medraf, siŵr iawn,' atebodd hithau.

Casglodd bentwr o lwch llwyd mân at ei gilydd gyda'i dwylo nes bod twmpath o'i blaen. Yna lledodd y llwch yn llyn. Gyda'i llaw chwith, ysgrifennodd y gair *'aderyn'*.

'Dyna ti,' dywedodd y ddynes, '"aderyn".'

Edrychodd y fechan ar y llythrennau llychlyd. Yna chwalodd y llwch nes eu bod wedi diflannu. Tynnodd y llwch yn ôl i fod yn dwmpath ac yna'i smwddio â chledr ei llaw fechan. Gan ddefnyddio'i bys bychan cyntaf, lluniodd hithau'r un gair, *'aderyn'*.

'Perffaith, mi wnawn ni Gymraes fach ohonat eto.'

Gadawodd Katy i'w bysedd grwydro'n ling-di-long ar hyd pantiau'r llythrennau nes bod eu holion llychlyd dan ei hewinedd. Ceisiodd ynganu'r gair ond nid oedd sain y Gymraeg arno. Yna, tynnodd lun yr aderyn twtiaf posib yn clwydo uwch eu pennau.

Edrychodd y ddwy ar ei gilydd. Gwenodd y Gymraes. Gwenodd y fechan.

'Mae gen ti ddawn tynnu llun.'

'Fy nhad ddysgodd fi. Gwn am eu henwau hefyd,' dywedodd.

Oedodd.

'A'u cân,' ychwanegodd.

Tawelodd am eiliad.

'Y dryw bach yw hwn. Welwch chi ei gynffon e?' holodd.

'Gwelaf. Bron na allaf glywed ei gân hefyd. Roedd yr hen Gymry yn arfer ei hela er mwyn dathlu dyfodiad goleuni ar ddiwedd y gaeaf. Ond caiff dy ddryw di lonydd gennym.'

'Ydych chi'n credu y gwnaiff y gair hwn aros yma am byth? Fydd e yma pan ddown ni 'nôl nos yfory?'

'Dwi'n siŵr y bydd o yma,' atebodd y Gymraes, 'ond dwi'n credu efallai y bydd dy ddryw bach wedi hedfan i ffwrdd.'

Edrychodd y ddwy ar ei gilydd unwaith eto nes i'r edrychiad droi'n wên ac yna'n chwarddiad.

'Wyddoch chi pa un yw fy hoff aderyn?' gofynnodd y fechan ymhen ychydig.

'Wn i ddim wir. Y titw tomos efallai, mae hwnnw'n un digon del.'

'Nage.'

'Y robin goch. Mae pawb yn hoffi hwnnw.'

'Nage.'

'Dwed ti wrtha i.'

'Y frân sydd orau gen i. Mae Nhad yn dweud ei bod yn

gwarchod Llundain. Tra bydd hi yma, fe wn y daw e'n ôl o'i ryfel. Mae un yn dod â'i stori at ein ffenest bob dydd yn gyfnewid am damaid o fara... Hoffech chi i mi ei hanfon yn llatai atoch chi?'

'Mi fuaswn wrth fy modd.'

Cododd y fechan y tapestri petryal ac yn gywrain, gywrain pwythodd frân unig yn yr wybren rhwng Carnedd y Filiast a Mynydd Perfedd a'i hadlewyrchiad yn ddim ond awgrym yn nyfroedd Marchlyn Mawr.

Cydiodd ei wraig yn dynn ym mraich Meirion gan wthio'i chorff yn ddwfn i'w fynwes. Cydiodd yntau yn ei llaw a'i gwasgu. Er gwaethaf yr holl ddychryn a chwalfa, teimlai na fu hi erioed yn hapusach nag yma yn ei gwmni. Trodd y ddau'n reddfol i wynebu'i gilydd a chusanu'r rhyfel o'u meddyliau.

***

Daeth y ddau allan i olau dydd. Roedd smwclaw yn cwympo'n ysgafn gan leithio'r bore. Bu Medi'n gynnes braf, yn haf bach Mihangel, yn dywydd llewys byr a thei llac. Ond roedd Hydref yn dechrau gafael. Cododd Meirion goler ei siaced frethyn a chau'r botymau.

Roedd rhwystrau pren wedi'u gosod ar y ffordd a arweiniai'n ôl i'w fflat a pheiriant y frigâd dân yn ceisio diffodd fflamau oedd yn dal i afael yn yr adeiladau o'u cwmpas. Gwridai gwres y fflamau eu hwynebau. Holltwyd eu bore gan gyfarthiadau'r diffoddwyr tân yn eu rhybuddio i gadw i'r neilltu.

Roedd difrod y bomiau i'w weld o'u cwmpas a swyddogion mewn lifrai'n gwibio ar hyd y lle fel morgrug. Chwythent eu chwibanau a chwifio'u baneri fel petai hynny o weithred yn mynd i normaleiddio'r ddinas. Roedd ambiwlans a'i ddrysau ar agor yn eu rhwystro rhag mynd yn ôl i gyfeiriad eu cartref. Stopiodd Meirion a'i wraig pan welson nhw gyrff yn cael eu cario ar stretjars, eu hamlinelliad llonydd i'w weld dan garthenni llwyd. Aeth hi i'w sachell a thynnu'r llun du a gwyn ohoni. Gosododd ef ar hoelen rydlyd oedd â'i phen yn dangos ar ddarn o bren a noethwyd gan y distryw. Edrychodd ar y ddau yn y llun, fe â'i 'sgidiau'n sgleinio a'i grys gwyn yn starts; hithau â'i ffwr a'i thusw bach o flodau.

Daeth brigâd dân arall o rywle a'i seiren yn llenwi'r bore. Gallai'r ddau deimlo gwres tân yn cynhesu'r dydd. Roedd sŵn fflamau'n llarpio coed rhyw adeilad, y clecian yn atseinio dros bob man. Deuai pobl allan o'r gwarchodfeydd bomiau i Lundain wahanol i'r hyn ydoedd rai oriau'n ôl.

Gafaelodd Meirion yn ei llaw a'i harwain ar hyd un o strydoedd cefn y ddinas tuag at Dafwys. Roedd arno awydd dianc at sŵn dŵr a llif afon.

Croesodd y ddau o flaen Eglwys Gadeiriol Sant Paul a gweld bod honno heb ei difrodi yn ystod y cyrch bomio a fu dros nos. Roedd hi'n rhuthr gwyllt yno wrth i'r ddinas geisio ailafael yn ei phatrwm beunyddiol. Cydiodd Meirion yn dynnach yn ei llaw wrth i gyrff dasgu i mewn i'w gilydd yn eu gwylltineb i gyrraedd rhyw sicrwydd yn eu bywydau. Brysiodd y ddau drwy Ava Maria Lane a throi i'r dde i mewn i Ludgate Hill ac yna trwy Pilgrim's Lane. Gwelson nhw fod Eglwys Bened Sant wedi cael llonydd rhag y dinistr hefyd. Hon oedd unig eglwys Gymraeg y ddinas, yntau'n organydd yno a'i enw 'MEIRION WILLIAMS' wedi'i grafu yn y pren uwch y drws. Ond ni chododd awydd arno'r bore hwnnw i fentro trwy ei drysau i gynnal y gân.

Roedd yr haul yn isel yn yr awyr a tharth y ddinas, yn gymysg â mwg ei thanau, yn hances amdano.

Croeson nhw Queen Victoria Street hyd at Dowgate Hill, yna troi am Cloak Lane, i mewn i Skinners Lane nes dod at gefn Eglwys yr All Hallows ac at olwg Upper Thames Street. Arhosodd y ddau yno gan syllu ar yr annibendod a grëwyd dros nos. Cafodd yr hen eglwys ei difrodi'n wael. Roedd un o fomiau'r Almaenwyr wedi glanio yng nghanol ei mynwent gan chwalu'r beddi a'r meini coffa'n chwilfriw a tharfu ar y dyddiau diddiwedd o fod yn farw.

Yn ei chanol roedd pant dwfn wedi'i greu a'r cerrig beddi wedi'u dymchwel bob sut. Roedd darnau o'r fynwent ar chwâl ar hyd y lle ac eneidiau'r ymadawedig wedi'u hatomeiddio, eu sgerbydau wedi'u sgwaru'n un chwydfa o esgyrn.

Daeth ci du a gwyn o rywle a dechrau dawnsio'n syrcas o gylch eu coesau. Estynnodd hi ei llaw iddo a neidiodd ati gan roi ei bawennau lleidiog ar frethyn glân ei chot. Sylwodd hi ar eu hôl yn ymdreiddio'n llaith i'r defnydd gan adael amlinelliad tywyll.

'Hei,' siarsiodd gan ei wthio led braich oddi wrthi.

Siomodd y creadur ryw ychydig a chilio cyn troi ei ben a chyfarth arni.

'Edrych be wyt ti wedi'i wneud,' meddai gan geisio brwsio ôl ei gyffyrddiad oddi ar ei chot. Ond roedd hwnnw wedi suddo i fyw'r edau.

Ni allai ddigio wrtho ac yntau'n chwilio cysur yn y byd ben i waered oedd o'i amgylch. Plygodd ato a phlygodd y ci bychan yn yr un modd gan ymgrymu o'i blaen. Daeth yn nes ac ysgwyd ei gwt yn fetronomaidd. Estynnodd ei llaw a gadael iddo lyfu blaenau'i bysedd. Gwelodd fod coler ledr am ei wddf a chylch pres yn hongian arni. Roedd rhyw lun o ysgrifen ar hwnnw ond bod llythrennau'r engrafiad wedi toddi'n sibrydiad. Credai fod tair llythyren yn enw'r ci a'r gyntaf, lle roedd yr engrafwr wedi pwyso'n fwy taer wrth ei lafn, naill ai'n 'S' neu'n 'G' mwy ffansi na'r cyffredin. Ni allai ddarllen y gweddill. Roedd yr wyneb arall yr un mor aneglur ac ôl ei gyfeiriad wedi treiglo'n ddim, y llythrennau mor ysgafn â chiledrychiad.

Cododd a throdd y ci ar ei gwt gan anelu am y diffeithwch o'i flaen. Gwyliodd hi wrth i'w gorff bychan prysur wthio'i ffordd rhwng gweddillion beddi'r meirw mud.

Gafaelodd rhyw gryd amdani. Sythodd a chofleidio'i hun. Teimlai ei mynwes yn syndod o dyner. Tynnodd Meirion ei siaced frethyn a'i gosod am ysgwyddau'i wraig wrth i oerfel hydrefol y bore bach gydio ynddi hyd at gryndod. Gwenodd arno.

Dilynodd e drywydd y ci bach wrth i hwnnw ffroeni'i ffordd trwy'r byd ben i lawr o'i gwmpas, yn cwrso arogleuon. O graffu, synnodd Meirion wrth weld un garreg fedd olau ei lliw yn dal i sefyll ym mhen pella'r fynwent, fel petai ei gwrthrych wedi styfnigo rhag ffyrnigrwydd y ffrwydrad.

Ac yntau yno yn ei grys gwyn, cododd ryw chwilfrydedd ynddo i weld pwy oedd yr enaid digyffro hwnnw a fynnodd sefyll ei dir. Dringodd dros wal allanol y fynwent ac, er i'w wraig ei siarsio i beidio, llwyddodd i gerdded ar hyd brig y wal tan iddo gyrraedd y man lle safai'r garreg. Neidiodd oddi ar y wal at werddon fach o dir o'i hamgylch. Safai ryw bedair troedfedd o'r ddaear.

Arhosodd hi yn ei hunfan yn gwylio'i gŵr yn troedio'i ffordd dros fedd, dros faen a thros fywyd. Wrth iddi ddilyn ei gamau, gwthiodd rhywbeth yn erbyn ei choesau a gwelodd fod y ci bach wedi dychwelyd a chanddo garreg maint bwlyn drws yn ei geg. Trodd i'w fwytho a gollyngodd yntau'r garreg wrth ei thraed. Cododd hi ac archwilio'i hwyneb. Er mor ddinod ydoedd, fe'i synnwyd gan ei phwysau. Eisteddai'n drymach na siom yn ei llaw.

Caeodd ei llaw amdani gan deimlo'i hwyneb pantiog a thyllog yn galed ac yn oer yn erbyn ei chroen; gronynnau ei gwneuthuriad wedi'u gwasgu'n daith derfynol, di-droi'n-ôl at ei gilydd. Gwelodd wyneb yn ei hwyneb a hwnnw'n rhychau i gyd. Yn greithiau. Ei drwyn yn gam fel trwyn bocsiwr. Mwythodd hi â'i bawd. Cylchodd hi'n blaned yn ei dwylo. Troi a throi. Er ei phegynau, ei chilfachau a'i chlogwyni, carreg fach oedd hi; rhan fechan o graig fwy; y darn lleiaf un o'r gramen oedd yn cynnal ei cham. Carreg â'i gwead yn annhosturiol o dynn. Ei bodolaeth wedi'i rhewi. Ei phatrwm wedi'i gloi. Ei llun yn ddigynllun, yn ddim ond amlinell lom.

A hithau'n dal i'w mwytho, dilynodd edefyn tenau, aur a oedd wedi'i dal yn ei chrisialiad. Teimlodd wres yn codi ohoni. Teimlodd guriad ynddi. Cynhesodd. Clywodd ei ddoe ynddi. Teimlai'r garreg cyn gynhesed â'i llaw ei hun a'i churiad mewn cytgord â churiad ei chalon hi, fel petai hi'n rhoi bod iddi.

Edrychodd o'i chwmpas a chododd ddarn o farmor gyda'i ymylon wedi'u ffurfio'n big. Yn gain, ysgrifennodd ei henw ar wyneb y garreg. Chwythodd arni er mwyn chwalu'r gronynnau a ddisodlwyd. Aeth ati i dyrchu'r llythrennau'n ddyfnach. Edmygodd ei gwaith ei hun. Ni fedrai saer maen fod wedi gyrru'r llythrennau'n geinach at orffennol y garreg hon. Cododd gwên i'w hwyneb ac yn ysgafn, ysgafn tynnodd lun aderyn bach yng nghesail y llythyren 'e' yn ei henw, ei gwt yn dalsyth fel un y dryw.

Daeth awydd arni i ddweud stori. I bwytho'i bodolaeth i'r tirlun hwn fesul llythyren i'r graig. A honno'n ei chorddi, daeth rhyw ysfa anorchfygol drosti i rannu'i chwedl, i ddweud pwy ydoedd. Teimlodd hi'n saethu trwy'i chorff fel gwayw nes ei bod hi'n gwingo o'i herwydd. Cydiai'r poen am ei chroth ac yn reddfol esmwythodd ei chanol wrth synhwyro tynerwch ei chorff.

Gyrrodd ei geiriau i'r garreg, yna taflodd hi i'r awyr fel petai'n rhyddhau aderyn o'i gafael. Gwyliodd hi'n hedfan fel brân, yn codi nes ei bod yn ddim ond gronyn rhyngddi a'r haul gwan a gynigiai ei olau'n swil. Er hynny, roedd yn ddigon i'w dallu am eiliad a chollodd drywydd y garreg. Collodd hi. Ond yna clywodd ei glaniad yng nghanol yr annibendod o'i blaen. Sŵn carreg ar garreg fel geiriau'n chwalu'n chwilfriw.

'Mestynnodd ei llaw at y ci bach oedd wrth ei hochr. Ond gwelodd nad oedd yno. Trodd i chwilio amdano. Doedd dim golwg ohono. Roedd hi'n grediniol ei fod yno'n gwmni iddi. Yna, yng nghornel ei llygad, credai iddi weld cwt bywiog y creadur yn diflannu trwy borth briwedig yr eglwys.

Wedi i Meirion gyrraedd y maen unig, gwelodd fod delwedd o wrn wedi'i cherfio arno fel petai'n arwydd o statws eneiniedig yr ymadawedig un. O'i amgylch roedd y tir wedi'i aredig gan rym y ffrwydrad. Sylwodd ar rywbeth yn disgleirio yn y rwbel fel dafnau aur o wlith. Plygodd atynt a gweld yr hyn a ymdebygai i edau gyda'i dau ben wedi'u dal yn y ddaear fel gwreiddiau. Ceisiodd ei thynnu ond roedd rhywbeth yn gyndyn o'i gollwng, fel petai ynghlwm wrth gromlech. Synnai at ba mor wydn oedd ei gwead. Mentrodd blwc arall ond doedd dim symud arni a rhoes lonydd iddi gadw'i chyfrinach gan droi'n ôl at y garreg fedd. Roedd llwch a llaid wedi tasgu ar hyd ei hwyneb a thywyllu nifer o'r geiriau. Sychodd Meirion hi â'i lawes wen gan amlygu mwy ohoni. Symudodd ei fysedd meinion ar hyd geiriau'r garreg fel petai'n darllen Braille. Glynodd y llwch i'w fawd lle roedd gwaed ei gwt wedi ceulo. Ffurfiai siâp tebyg i aderyn yn ehedeg.

Llamodd calon y darllenydd pan welodd eiriau Cymraeg wedi'u gyrru'n ddwfn i ddaeareg y maen. Aeth ati i amlygu mwy o'i gramadeg. Chwythodd y llwch oddi arni.

Carreg fedd oedd hi i Owen Jones a ymadawodd â'i fuchedd ddaearol ar 26 Medi 1814.

Dyrnaid o genedlaethau'n ôl, o fewn estyniad braich i ddyddiau taid ei daid yntau, cwta saith oes yn ôl, meddyliai Meirion.

'Geiriau ar garreg,' meddai wrtho'i hun yn dawel.

Darllenodd ddarn o'i harysgrifen,

'Owain fwyn, mae yn ei fedd.

Enwog ŵr yma Gorwedd!'

Gwelodd fod enwau dau arall ar y garreg hefyd, Robert Roberts a Hannah Jane Roberts. Roedd eu cyfenwau'n wahanol i un Owen. Ni allai'n iawn ddeall beth oedd perthynas y tri. Tybed a oedd yr Owen Jones hwn yn dad i'r Hannah hon? Fe fyddai eu hoedrannau yn caniatáu hyn. Ond roedd Hannah Jane rai blynyddoedd yn iau na'r ddau ŵr. Ai merch a mab yng nghyfraith oedd yma, tybed? Ond beth am wraig Owen Jones? Beth oedd wedi digwydd iddi hi? Pam nad oedd ei henw hi ar y garreg? Sut cafodd fod yn ddynes ddienw? Nid oedd yn gyffyrddus â'r ddamcaniaeth honno. Roedd rhyw dwyll yn y geiriau na allai Meirion ei ddirnad. Ai dwy briodas oedd yma a bod Hannah Jane wedi rhannu'i bywyd gyda'r ddau ŵr?

Cyfeiriai'r garreg ati fel cyfeilles i'r digyfaill a mam i'r amddifad.

Ai'r rhinweddau hyn a enillodd yr hawl i'r garreg gael llonydd rhag grym y rhyfel? Pwy oedd yr Owen Jones hwn a deilyngai gerdd o fawl ar ei garreg fedd? Pwy ydoedd i deilyngu cael ei warchod rhag bomiau'r ugeinfed ganrif? Dechreuodd Meirion greu stori am fywydau'r rhain a gadwyd rhag mileindra'r gad. Ymgollodd yn eu llwybrau. Clywodd eu lleisiau'n galw o'r garreg. Sibrydion. Fel tonnau disgyrchiant yn torri ar draethell bell tu hwnt i'n byd. Lleisiau'n plethu trwy'i gilydd. Yn galw a galw. Clywodd eu caru a'u cweryl. Sŵn siarad Cymraeg yn sôn am fynd sha thre. Sŵn gobaith a breuddwydion, sŵn dal dwylo. Sŵn edau'n pwytho, sŵn geiriau nas dywedwyd, sŵn gefynnau'n hollti. Sŵn creithio, sŵn cynlluniau mawr am weld y byd, sŵn sêr yn diflannu. Sŵn cusan a deigryn i'w dilyn, sŵn drws yn cau, sŵn tynnu llun. Sŵn anadliad ar ffenest. Sŵn torri enw. Sŵn dychymyg. Sŵn troi tudalen lân, sŵn tân yn oeri a sŵn ffarwelio. Sŵn ysbryd yn aflonyddu. Sŵn trwsio geiriau wedyn. Sŵn dychymyg. Sŵn awel yn dychwelyd. Sŵn dychmygu. Creodd stori a roddodd fywyd i'r llythrennau llychlyd. Stori a barodd i'r ysgrifen ddu godi'n haid o frain o'r garreg, yn grawc i gyd. Gwyliodd Meirion hwy'n esgyn nes eu bod yn ddim ond awgrym ar wybren y bore.

Yna, distawodd y ddinas. Arafodd amser. Daeth at ddibyn. Safodd Meirion yno yng nghanol yr holl lanast a difodiant. Teimlodd rywun yn cydio yn ei law, yn plethu'i fysedd; bysedd ystwyth yn agor a chau fel adenydd. Edrychodd ar y llwch oedd yn haenen denau, lwyd dros wyneb ei 'sgidiau. Gwelodd forgrugyn bychan yn ymlwybro'n brysur drwy'r anialwch a gronnai yno.

Fe'i meddiannwyd gan dawelwch. Tawelwch. Tawelwch hyd at fudandod. Sŵn dinas nad yw yno. Ac yna, clywodd rywbeth. Rhyw sŵn yn siffrwd, yn symud yn ysgafn. Sŵn rhywun yn troedio. Trodd o'i amgylch yn wyllt rhag ofn bod y tipyn tir anwadal lle safai yn rhoi oddi tano. Doedd dim i'w weld. Ond dyma fe eto, sŵn traed. Sŵn carreg ar garreg fel geiriau'n chwalu'n chwilfriw. Sŵn 'sgidiau dawnsio. Clywodd sŵn traed yn tip-tapian; traed fel rhai Sammy Davis Jr. Pitran patran. Lledr gorau Sbaen o dan eu gwadnau. Sŵn rhywun yn gadael. Traed yn dychwelyd. Sŵn traed yn neidio'r dibyn. Sŵn traed yn dilyn traed. Sŵn traed yn mynd sha thre. Sŵn dwy droed a'u trawiad ar yr wyneb anwastad yn cynyddu'n gatrawd. Clywodd eu sŵn yn chwalu'u ffordd trwy'r rwbel, yn tynnu'r edau aur i'w canlyn; a sŵn un tro sy'n y traed, sŵn traed yn mynd ar siwrne.

Hefyd o'r Lolfa:

£8.99

'Stori ddirdynnol gan un o awduron mwyaf Cymru.' **DEWI PRYSOR**

TAFFIA

LLWYD OWEN

y lolfa

£8.99

Un dyn... Sawl wyneb.

'Gareth Miles ar ei orau.' JANE AARON

CUDDWAS

GARETH MILES

y Lolfa

£8.99

Am restr gyflawn o lyfrau'r Lolfa, mynnwch
gopi am ddim o'n catalog
neu hwyliwch i mewn i'n gwefan

www.ylolfa.com

lle gallwch archebu llyfrau ar-lein.

TALYBONT CEREDIGION CYMRU SY24 5HE
ebost ylolfa@ylolfa.com
gwefan www.ylolfa.com
ffôn 01970 832 304
ffacs 832 782